眠れないほど面白い『今昔物語』

由良弥生

三笠書房

はじめに

大路のにぎわい、漆黒の闇、男と女の生《せい》の本能……
平安に生きた人々の等身大の喜怒哀楽を感じてください

『今昔物語集』と聞けば、一度や二度は耳にしたことがあるでしょう。

この『物語集』は仏教説話的な傾向が強く、全三十一巻（うち八、十八、二十一の三巻を欠く）、つごう一千話を超える膨大な説話（世間話・伝説・昔話など）を採録しています。編者は未詳ですが、編纂には僧侶がかかわっていただろうといわれます。

原典は漢字カタカナ交じりの和漢混交文《わかんこんこうぶん》で、いずれの書き出しも「今ハ昔」ではじまり、「トナム語リ伝ヘタルトヤ」で終わっています。十二世紀初めの成立といわれますが、この時代は平安時代末期で、『源氏物語』が書かれたあと百年は経っています。

その当時において「今は昔」の話となると、現在から一千数百年も昔、奈良時代（八世紀初め〜八世紀末）から平安時代（八世紀末〜十二世紀末）にかけての話ということになるでしょう。

意外と知られていないのが、インド（天竺《てんじく》）・中国（震旦《しんたん》）・日本（本朝《ほんちょう》）の三部に分かれていることです。

本書『眠れないほど面白い「今昔物語」』では、時代背景のわかりやすい日本の話、第三部の本朝部（巻第十一〜三十一）から三十六話を厳選しました。本朝部も、善因《ぜんいん》善果《ぜんか》・悪因悪果《あくいんあつか》・因果《いんが》応報《おうほう》という仏の教えが色濃い話が少なくありません。

けれども、ここで取り上げた話はほとんどが世俗篇からのもので、いずれにもその時代のあらゆる階層の男と女が登場します。

その男と女が経験したり、考えたりしたことは一千数百年を経た今でも、わたしやわたしの隣の人が経験したり、考えたりしていること――。そう思えるような、男と女のあいだに生じる出来事を多く選んでいます。

また、その時代に存在した感覚、霊魂《れいこん》（悪霊・死霊・怨霊《おんりよう》）に対する強い思いが引き起こす不思議な出来事も取り上げました。

いったい、この時代はどんな時代だったのでしょうか。

日が暮れると、それこそ天も地も漆黒《しっこく》の闇にのまれてしまいます。底知れない闇から恐怖と不安が生まれます。ですから霊魂、百鬼夜行《ひゃっきやこう》、天狗《てんぐ》や鬼や妖怪変化《ようかいへんげ》が信じられました。手足の先まで震えるような恐ろしさにとらわれたことでしょう。それは、『源氏物語』の生霊《いきりょう》・死霊の話などからもうかがい知ることができます。それだけに神仏の力を示す霊験譚《れいげんたん》も少なくありません。

この時代、仏教の側《がわ》は神仏習合《しんぶつしゅうごう》を粛々《しゅくしゅく》と行ない、日本の神々の上に立つものとしてますます勢威をふるいはじめます。当時、寺というのは経典の翻訳や学問研究の最先端の場であり、上流階級のためだけにあるインテリジェンス施設で、庶民にとっては近づきにくい場所でした。社会全体が死や死人を忌《い》み嫌い、死人は路傍《ろぼう》や羅生門《らしょうもん》（羅《ら》城門《じょうもん》）などに捨てられていました。寺でも、葬式などもってのほかで、ケガレがつくからと、死人を忌避《きひ》していました。このケガレ意識は平安時代に入って最高潮に達します。

そういう時代に生きた男と女はどのようにして結ばれたのでしょうか。

この時代、男は路上や人の集まる市《いち》などで女を見かけて気に入ると、女に家の在《あ》り処《か》（居場所）と名前を聞きました。それが相手を求めているしるしでした。女は、その男が自分の好みであれば、自分の家の在り処と名前を教えます。それを頼りに男は夜になると女の家を訪れ、女の名前を呼んだり、歌を歌ったりします。女の心にかなえば、男は家に入れられ、恋愛成就となりました。

また、じかに女に働きかけず、親を通すとか、あるいは歌を送るとか、文《ふみ》を遣《や》るとかということも行なわれました。それをくり返して女の気持ちをほぐし、その上でこっそり忍んで行くという方法です。

いずれにしても男が女の家を訪問し、そこに泊まり、翌朝、暗いうちに起きて女と別れて自分の家に帰るという「妻問《つまど》い婚《こん》（通い婚）」の習慣が、奈良時代は普通でした。子どもが生まれれば、名づけも養育も女の家のほうでして、男は通《かよ》うだけで同居しません。

この「通い婚」は平安時代になっても続いていましたが、それを認めて婿《むこ》として取るのが平安時代の「婿《むこ》取り婚《こん》」といわれるものです。ただ正式な婿とされても、男は女の家に同居するのではなく、通うのが普通でした。

当時は一夫多妻、男があちこちの女のところに通うのは道徳的に「悪い行為」というわけではないので、男は気が向かなくなったりすると女の家へ通わなくなります。いわゆる「夜離《よが》れ」という状態で、長く続けば離婚と同じです。また、女のほうから門を閉ざして男を家に入れなくすることもありました。これも離婚です。とはいえ、トラブルや慰謝料は生じませんでした。

この時代、女は土地を分け与えられ、それを自分の財産として持っていたり、住む家を女親から継承したりしていたそうです。ですから、たとえ離婚してもただちに暮らしに困るということはなかったようです。むろん、そういう恵まれた女ばかりでないことは『源氏物語』の夕顔《ゆうがお》や末摘花《すえつむはな》などを見ればよくわかります。

本書は、当時の男と女の間に生じた出来事で、現代にも通底するものをより多く取り上げています。

読まれながら自分の中の忘れていた感情がよみがえり、

（これは自分にも……）

思い当たるふしがある――。などと、思案する気持ちになって楽しんでいただけたら、この上なく幸いです。

由良弥生

目次

二章　この時代の【妻と夫】の話

三章　この時代の【したたかな女】の話

四章 この時代の【男と女】の話

五章　エロチック奇談――笑える話

六章　神秘・奇怪千万――俗世間の不思議な話

本文イラストレーション　3rdeye

一章
この時代の【女の執念と魂】の話

1 別れた女に逢って命を落とす男（巻第三十一の第七より）

今ではもう昔のことだが――。

藤原師家《ふじわらのもろいえ》という人がいた。

師家は、国政の最高機関である太政官《だいじょうかん》を構成する部局の一つ、右弁官《うべんかん》の右少弁《うしょうべん》（判《ほう》官《がん》）であった。判官は、四等官《しとうかん》（長官・次官・判官・主典《さかん》の総称）の中の第三位（三等官）で、その役目は所属する部局の職員を取り締まったり、主典（第四位の四等官という最下位の官職）の作成した文案を審査したり、宿直《とのい》を差配《さはい》したりする。

この師家には、互いに深く思い合ってひんぱんに通《かよ》う女がいた。

女の気立てはとても奥ゆかしく、つらいことでも我慢などしているので、師家は何ごとにつけても、この女には薄情と思われまいとして気を遣っていた。

けれども判官という公の仕事に就いているので、何かにつけて忙しい。また、たまたま浮ついた女のところに引きとめられる夜もあって、つい気立てのいい女のもとに通わない夜が増えていった。

そのため気立てのいい女は、

（はて……）

あれほど足繁く通っていらしたのに――。

そう、いぶかしんだ。

女は夜離《よが》れに馴《な》れていなかった。夜離れとは、女のもとへ男が通ってこなくなることだ。女は落ち着かない気持ちになりながら、たまに師家が通ってきても、これまでのような打ち解けた振る舞いを見せなくなった。

すると師家の足もしだいに遠のき、以前のようには通わなくなった。気に入らないのではない。打ち解けた様子が見られず、気持ちが晴れなかったからである。

こうして互いに嫌だと思う気持ちがなかったのに、交わりはついに途絶えてしまった。

さて、それから半年ほどしてからのこと――。

師家は牛車《ぎっしゃ》に乗って女の家の前を通り過ぎた。

そのときちょうど外から帰ってきた女の家の女房《にょうぼう》が、牛車の中の男の顔を見ていた。

(おや、あのお方は……)

女房は家に入ると女主人《おんなあるじ》にこういった。

「弁殿《べんのとの》(師家殿《もろいえ》)が今、家の前を通り過ぎて行かれました。この前、ここに通《かよ》ってこられたのはいつだったでしょう。寂しいことです」

(……ッ)

それを聞いて女主人はすぐ女房を外にやり、師家にこんな伝言《ことづけ》をするよう頼んだ。

『申し上げたいこともございますので、ちょっと家にお立ち寄りくださいませんか』

これを女房から聞いた師家は、

(うむ……まこと、ここは通いなれたところだった)

と、気立てのいい女のことを思い出し、牛車を引き返させた。

師家は牛車から下りると、勝手知ったる女の家の中に入った。

女は経典を入れておく経箱《きょうばこ》に向かい、法華経《ほけきょう》を誦《ず》していた。

(お……ッ)

女の着けているやわらかそうな衣《きぬ》(着物)といい、おごそかな生絹《きぎぬ》の清楚な袴《はかま》といい、普段から身に着けている様子で、男が来るからとわかって今あわてて身づくろいしたという感じではない。

（むむ……）

その様子がとてもいい。目つき顔つきなども、感じよく見える。だから、まるで今日初めて見る女《ひと》のように思える。

（こんな女を今まで見たことがなかった……）

と、返すがえすも女を捨てた自分が悔やまれた。

（読経《どきょう》を邪魔してでも、この女と早く寝たいものだ……）

そう、思った。けれどもここ数カ月、男女の仲が途絶えているので、一方的に無理押しするのは気がとがめる。それで、あれやこれやと、ものをいいかけるのだが、声をあげて経を読んでいる女は返事もしない。読経がすんだら万事につけていおうとする様子で、ただうなずき返す女の顔の美しい色つやがなつかしい。

師家は、

（ああ……）

過ぎてしまった時間を取り返せるものなら、今すぐにでも取り返したい――。と、みっともないほど強く思った。

そういうわけなので、師家《もろいえ》はそのまま女の家にとどまった。そして、(今日よりのち、この女《ひと》を疎《うと》んじるようなことがあれば、どんな罰をも受けよう)などと、たくさんの誓言《せいごん》をとめどなく心の中で立てながら、ここ数カ月もご無沙汰していたのは決して本心ではなかったと、何度も言い訳をくり返していた。

けれども女は返事もしないで相変わらず経《きょう》を読んでいる。その法華経の第七巻になると、女は女人往生《にょにんおうじょう》を説く薬王品《やくおうぼん》(法華経の第二三品)をくり返し三度ほど読もうとするので、師家はあきれて、ついこういった。

「なぜ、そんなに読まれるのですか。早く読み終えなさい。話すこともたくさんある」

すると薬王品の一節、

《もし女人がこの経典(法華経)を聞いて教えのとおりに修行したならば、命終《みようじゆう》(死ぬこと)すると、ただちに安楽世界(極楽)の阿弥陀仏《あみだぶつ》の、大菩薩《だいぼさつ》たちに取り囲まれた住処《すみか》に往《い》って、青い蓮《はす》の花の中の宝座《ぎよくざ》の上に生まれるであろう》

というところを読んでいた女は、目から涙をほろほろこぼした。

それを見て驚いた師家《もろいえ》は女にひやかしをいった。

「ああ、縁起《えんぎ》でもない。尼さんたちのように道心《どうしん》がついたんですかね」

道心とは、出家者となって修行に励む心（菩提心《ぼだいしん》）のことだ。それを聞いて女は涙の浮いた目を師家に向けた。

（……ッ）

顔を見合わせた師家は、女の露《つゆ》に濡れたかのような風情に、

（ああ、悪かった。ここ数カ月、さぞつらい思いだったのだろう）

と、自分もこらえかねて涙をこぼした。

（もし、今日からのち、この女に逢えないことになったら、どんな気持ちになるのだろう）

と、くり返し不吉なことを意識すると、これまでのことが思い合わされ、深く恥じ入って悔やむ思いであった。

やがて女は読経《どきょう》を終えると、沈香木《じんこうぼく》の数珠《じゅず》に琥珀《こはく》の飾りをつけたのを両手に挟んで押し揉みながら、

（……）

と、じっと祈念していたが、しばらくすると目をあげて師家を見た。

その女の表情が突然、異様な様子、気味の悪い様子に変わった。

（むむ……こ、これはどうしたことか）

と、見守っているうちに女は口を開き、

「今一度、お会いしてお話をしたいと思い、お呼び申し上げました。しかし、もうこれまででございます。今は、あなたを恨《うら》みに思って死にます」

そういったかと思うと、もう命は絶えていた。

（こ、これはどうしたことだ……ッ）

師家は仰天し、「誰か、誰か来てくれッ」と大声を上げたが、すぐには誰も聞きつけて来なかった。しばらくしてから年配の女房が聞きつけ、「どうかなされましたか」と、悠長な声を出しながら出ばって来た。

女房は師家がまったく途方に暮れているのを見て、

「まあ、たいへんッ。いったいどうしたというのですか」

と、うろたえるのも当然である。

師家は女の死のわけをいっても無駄であると思った。ただ、

（髪の毛がぷっつり切れるように女が死んだからといって、ここで死の穢《ケガレ》に触れたからと宮仕えを休むことなど、どうしてできようか。できやしない）

そう思って帰ろうとするが、在《あ》りし日の女の顔がしきりに浮かんで、いとおしく思うにつけ、こんなことになろうとはと、後ろ髪を引かれる思いであった。

ところで、師家《もろいえ》は女の家から自邸に戻ってしばらくも経たないうちに病みつき、数日後、とうとう死んでしまった。

世間では、その女の死霊（怨霊《おんりょう》）が師家にとり憑《つ》いたのではないかと噂された。

そういうわけで、女の気持ちをよく理解している人には、師家の死は女の霊の仕業《しわざ》だとわかったことだろう。

その女は、最期に法華経を読んでいたので、きっとのちの世でも尊がられるだろうと世間の人は判断したが、師家を見て深く怨《うら》みの心を起こして死んだ以上は、決してその罪は浅くはあるまい。それで、男も女も罪深いことをしたと語り伝えているとか――。

＊

宿直《とのい》とは、宮中または役所に宿泊して警戒にあたること。

女房《にょうぼう》は、宮中や貴人の屋敷に仕え、房《ぼう》（小部屋＝局《つぼね》）を与えられている女の総称。

生絹《きぎぬ》は、練らない生糸で織った布のこと。生《すず》とも。精練していないので張りがあり、ごわごわしています。誓言《せいごん》は、神仏にかけて誓う言葉。

薬王品《やくおうぼん》は女人往生《にょにんおうじょう》を説くので有名ですが、仏教では元来、女人は宗教的能力に劣っているのでそのまま成仏はできないという考えが主流でした。薬王品は、その女人の往生を説くので有名です。仏の教えのとおりに修行すれば、死ぬと極楽浄土に往って成仏すると説いています。

沈香木《じんこうぼく》は、ジンチョウゲ科の常緑高木で、香木の代表です。

琥珀《こはく》は、植物の樹脂《じゅし》が化石となったもの。黄褐色ないし黄色で光沢があり、透明ないし半透明です。この数珠《じゅず》は高価なものでした。

穢《ケガレ》は、死・疫病《えきびょう》・出産・月経などによって生じるものと信じられていた不浄《ふじょう》のこと。罪や災いとともに共同体に異常をもたらす危険な状態とみなされ、忌避《きひ》されていました。ケガレは伝染するとも信じられ、それに触れると一定期間は他人から遠ざかっている必要があるとされていました。ですから師家も宮仕えを休む必要があるのですが、彼は休むことなどできないと、考えていたようです。

2 死んだ妻との一夜かぎりの交合（巻第二十七の第二十四より）

今ではもう昔のことだが――。

京に身分の低い若い侍《さむらい》がいた。ここ数年、貧しい生活で、これといって世渡りの基盤もなかった。ところが思いもかけず、知り合いの何某《なにがし》という人がどこそこの国守《くにのかみ》（国司《こくし》の長官）に任じられた。

この侍は、その人を何年も前からよく知っていたのでさっそく挨拶に出向いた。するると国守に任じられた男は、若い侍にこういった。

「このように基盤のない京にいるより、わが任国《にんごく》に出てくれれば、多少の面倒は見てやろう。ここ数年、気の毒とは思っていたが、わたしも不如意《ふにょい》な身にて暮らしていたのでな。任国へ一緒に連れて行こうと思うのだが、どうだ」

若い侍は、満面に笑みを浮かべてこういう。

「とてもうれしいことでございます」

こうして、いよいよ地方へ下ろうとするのだが――。

若い侍には長年連れ添った妻がいた。貧乏は耐えがたかったが、妻は年も若く、容姿も悪くなく、気立ても可愛かったので、貧しさも顧みず互いに離れがたく思って暮らしていた。

けれども若い侍は都から遠い地方の国へ下ろうとするころに、突如として妻を離縁し、経済的に頼れる別の女を妻にしてしまった。

新しい妻は、地方へ下る夫の旅の用意など万事につけて世話をしてくれたので、若い侍はその妻を連れて地方へ下った。


地方の国にいる間、若い侍は何かにつけて余得《よとく》も多く豊かになった。

こうして思う通りの暮らしをしているうち――。

若い侍は京に捨てて来た前妻がたまらなく恋しくなり、無性に逢いたくなった。

（ああ、早く京へ上《のぼ》ってあの女に逢いたいなあ……）

今ごろどうしているのだろうか――。そう思い、わが身が剥《は》ぎ取られるような心地になり、何事につけても興味や楽しみを失ってしまった。

そんな状態で暮らすうち、いつしか月日が過ぎた。

やがて国守《くにのかみ》の任期が満了となり、若い侍《さむらい》も京へ帰ることとなった。

若い侍は、

（オレは理由なく前の妻を離縁したのは間違いだった。京に帰ったら、そのままあの女の家に駆けつけて、一緒に暮らそう）

と、決心した。

そういうわけなので、若い侍は上京すると同時に、今の妻を一人でその実家に行かせ、自分は旅装束《たびしょうぞく》のまま前妻の家へ走って行った。

（おお……）

その家の門は開いていた。なつかしさが込み上げる。

だが、いざ中へ這入《はい》ってみると、以前のようではなく家も見苦しいほど荒れている。

（むむ……）

人の住んでいる気配がない。それがわかるといっそう、なんとなく感慨深くなって、心さびしいことこの上ない。ちょうど九月の二十日（旧暦）ごろのことだったので、月もたいへん明るい。秋が深くなって夜の寒さが感じられるころなので、しみじみと胸が締めつけられるような気がする。

家の中に入ってみると、

（やや……ッ）

誰もいないと思っていたのに、前妻が以前と同じ場所に一人ぽつねんとして坐っている。ほかには誰も見当たらない。

前妻は前夫を目にとめても恨《うら》みに思う様子もなく、うれしそうな笑顔を見せてこういった。

「まあ、あなた……どういうわけでここにいらっしゃるの。いつ、京へお着きになられたのですか」

これを聞いて前夫はこらえていた思いを吐き出すかのように、ここ数年、地方の国で考えていたことなどを打ち明けてから、こういった。

「これからはここで一緒に住もう。地方の国から持って来た物などは、明日にでも取り寄せよう。従者《ずさ》（召し使い）も呼ぼう。今宵は、このことだけをじかに知らせようと来たのだ」

それを聞いた前妻は、

（まあ……）

とうれしがる様子を見せて、ここ数年の積もる話などをした。

やがて夜も更《ふ》けてきたので、

「さあ、もう寝よう」

と、二人は南に面した座敷のほうへ行き、しっかり抱き合って寝床へ這入《はい》った。

前夫が、

「ここには、人はいないのか」

と聞くと、前妻はこう答えた。

「こんなひどい暮らしをしているのですもの、召し使いなどいませんわ」

秋の長い夜を一晩中、語り合っているうち、以前一緒に暮らしていたときよりも、いとしさが身に染むように感じられた。

そのうち夜明け前になると、二人はともに寝入った。

夜が明けるのも知らないで寝ているうちに、日も出てきた。

昨夜、人手がないので蔀《しとみ》の下の戸だけを立てたが、上の戸は開けたままであった。

その上の戸から、朝の光がさんさんと寝床に射し入っている。

（うん……ッ）

はっとして目をさました前夫は、しっかり抱いて寝ている前妻を、その朝の光の中に見て驚いた。前妻はすっかり枯れきって、骨と皮ばかりのしなびた死人であった。

（こ、これはいったい、どうしたことか……）

と事の意外さに驚き、恐ろしくてなんともいいようがない。ただちに起き上がると自分の衣《きぬ》（着物）をしっかり抱《かか》えて座敷の外へ走り出た。

けれども、

（もしや見間違いかも……）

と思い、もう一度、縁側から振り返って見るが、やはり骨と皮ばかりである。

前夫は急いで水干袴《すいかんばかま》を身に着けると、前妻の家から走り出て隣家へ飛び込んだ。そして、その家の者に、今初めて女の家を訪ねてきたかのように、こう聞いた。

「この隣においでだった女《ひと》は、今、どこにおられるか、ご存知ですか」

すると、隣家の者はこういった。

「その女《ひと》は、何年も連れ添っていた男に捨てられ、男は遠国《おんごく》に下ってしまったので、それを思いつめて嘆き悲しんでいるうち病みついてしまいましたが、看病する人もなくて、この夏、とうとう死んでしまいました。けれども遺骸《いがい》を葬ってやる人もいなかったので、まだそのまま放ってありますが、それを怖がって誰も近寄る人もいなくて……家は住む人もなく荒れ放題になっています」

これを聞いて前夫の恐怖はますますつのった。それで返す言葉もなく、その場を立ち去った。

本当にどんなに恐ろしかったことだろう。亡き前妻の霊魂《れいこん》がその亡骸《なきがら》に戻ってきて前夫と逢ったものと思われる。つまり、前妻は成仏《じょうぶつ》できなかったのである。数年来の、夫を恋い慕う気持ちを、ついに我慢することができなくなり、この世に戻ってきて夫と性的関係を持ったのであろう。

こういう不思議なこともあるものなのだ。だから、もし女を捨てて何年も経ってから その女と逢う場合には、よく調べてから行くべきであると、語り伝えているとか――。

＊

侍《さむらい》は、貴族などの屋敷に仕えて雑用や警備にあたっている人々の総称です。のちに、

その武力が摂関家《せっかんけ》や院などで重用されるようになり、その名称が武士一般をさすようになります。

何某《なにがし》・どこそこのは、その部分が原典で欠字になっているためです。

国守《くにのかみ》は、国司《こくし》（中央から諸国に派遣される地方官）の長官（守《かみ》）のこと。

蔀《しとみ》は、格子《こうし》を組んで間に板を挟んだ戸で、上下二枚（上の戸・下の戸）に分かれている雨戸の一種で、日光・風雨をさえぎるためのものです。

水干袴《すいかんばかま》は、糊《のり》を用いずに水張りにして干した布（水干）でつくった袴のこと。水干は狩衣《かりぎぬ》の一つで、下級官吏・侍《さむらい》・庶民の平服です。

霊魂《れいこん》は、人の肉体から遊離《ゆうり》し、戻って来なかったときに、死はくるものと考えられました。戻って来る肉体があれば戻って来ると考えられ、そのときは生き返ると信じられました。ですから古くは「魂呼《たまよばい》（たまよびとも）」という、死者の霊魂を呼び戻す儀式がありました。屋根の上に登ったり、井戸の中に向かったりして大声で死者の名を呼んだりしたのです。前妻の亡骸《なきがら》は干からびていたとはいえ、まだ肉体が残っていたので、霊魂が戻れたのでしょう。

3　魂を飛ばして人を殺す女（巻第二十七の第二十より）

今ではもう昔のことだが——。

京から美濃《みの》・尾張《おわり》のあたりに下ろうとする下郎《げろう》（身分の低い者＝下衆《げす》）がいた。その男は夜明けごろに出立するつもりでいたが、気がせいて深夜に起き出し、明けきらない夜の中、家をあとにした。

すると——。

京の町の、ある四辻の大路《おおじ》に、青味を帯びた衣《きぬ》（着物）を着た女房《にょうぼう》ふうの女がただ一人、着物の褄《つま》（端）を手で持ち上げた格好で立っている。

（おや、こんな夜中に……）

どういう類《たぐい》の女が立っているのだろう。まさか一人で立っているのではあるまい。

男が一緒なのだろう——。

そう思いながら、男はさっさと女のそばを通り過ぎようとした。

そのとき女が、

「そこにおられるお方、どちらにおいでになるのですか」

と、声をかけてきた。

男は立ち止まらずに歩きながら、

「美濃《みの》、尾張《おわり》のほうへ下ります」

そう答えると、

「それならば、さぞお急ぎでしょうが、ぜひとも大切なことを申し上げたいのでございます。少しのあいだ立ち止まってくださいな」

と、女はいう。

男は、

(はて……)

と思い、

「どんなことでございましょう」

といって、立ち止まった。すると女はこういった。

「このあたりにある、民部省《みんぶしょう》の大夫《たいふ》である誰それという人の家は、どこにございますか。そこへ行こうと思うのですが、道に迷って行かれませんので、そこへわたくしを連れて行ってくださいませんか」

（はて……）

男は不審に思い、

「その人の家へ行こうというのに、どうしてこんなところにいらっしゃるのですか。それに」

その人の家はここから七、八町も戻ったところですよ。わたしは急いで出かける途中なので、そこまで戻ったらたいへんですよ――。

そう、いった。

けれども女は引かない。

「なんといっても非常に大切な用事なのです。どうかわたくしをお連れくださいな」

（ふむ……）

男は結局、いやいやながら女を連れて行くことにした。

「ありがたいことです」

そういい、女は男の背後に回った。

男は歩いて行くうち、背後からひたひたと聞こえる女の足音に、なんだか薄気味悪いものを感じ、怖いような気がしてきたが、

（なに、気のせいだろう……）

と打ち消し、女を民部省の大夫《たいふ》の家の門まで連れて行った。

「ここが、その人の家の門ですよ」

そういうと、女はながながとこういった。

「急いで出かける途中の人がわざわざ引き返して、ここまでお送りくださったのは本当にありがたいことです。わたくしは近江国《おうみのくに》の郡《こおり》のどこそこに住む、誰某《だれそれ》という者の娘です。東国へ下向《げこう》なさるとのことですが、その道筋から近いところに、わたくしの家はありますので、帰りにはぜひ訪ねてくださいな。いろいろとわけがございますので」

（はて……なんのことだ）

と思う間もなく、門の前に立っていたはずの女の姿がかき消すように見えなくなってしまった。

（むむ……なんてことだッ）

　男は仰天し、

（門が開いていたのなら、門内に入ったと思おうが、門は閉じられていた。これはどうしたことだ……）

　と、髪の毛が逆立ち、体が硬直するほど恐ろしい思いにとらわれて、その場に立ちすくんだまま動けないでいた。

　そのうち突然、家の中から、泣きわめくおおぜいの人の声が聞こえてきた。

（何事が起こったのだ……）

　耳をすまして聞いていると、どうやら人が死んだ様子である。不思議なことだと思いながら、そのあたりをうろついているうち、夜が明けてきた。

　男は、

（どうも合点《がてん》がいかない）

　事情《わけ》を聞いてみようと思い、夜が明けきると、この家にちょっとした知り合いの使用人がいるので、その人を訪ねて行き今朝の様子を聞いてみた。

　すると、その人はこう語った。

「近江国《おうみのくに》にいらっしゃる女房、じつはこの方は殿《との》（大夫《たいふ》）のもと妻でして、この方が生霊《いきりょう》となって殿にとり憑《つ》いたというので、殿はここ数日、いつもと様子が違い、ご気分が悪くて苦しみなさっていましたが、この夜明け前のまだ暗いころに、その生霊が現われた気配があるなどと口走っているうち突然、お亡くなりになりました。……本当に生霊というのは人にとり憑いて、こんなにまざまざと人を殺すものなんですね」

それを聞いて男は、

（さては、あの女が喜んだのも……あれは生霊で、こういう用事を果たす気でいたからだったのか）

と、ぞっとなり、そのうちなんとなく頭痛がしてきた。

（この頭痛はおそらくあの生霊の霊気にあたったせいだろう）

そう、思った。霊に近づくと体調を崩すといわれるからだ。

男はその日、旅立ちを見合わせ、東国へは下らずに自分の家へ戻った。

その後、男は三日ほどしてから東国へ下った。途中、あの女が教えたあたりを通り過ぎるとき、

（どれ、あの女がいったところを訪ねてみようか）

という気持ちになった。

そこで、そのあたりの人に尋《たず》ねてみると、本当に女のいったとおり家があった。

男はその家の取り次ぎの者にしかじかのことがあったからと、来意を告げた。すると女は心当たりがあることだと、男を家の中へ呼び入れた。

座敷に通された男は、簾《すだれ》越しに女と顔を合わせた。

（そう、たしかにこの女だ……）

と、男は思った。

女は簾の向こうから、

「あの夜の喜びは、未来永劫《みらいえいごう》、忘れはしません」

などといって、男にいろいろな物を食べさせ、絹や布なども与えてもてなした。

大事に扱われた男は内心ひどく気味悪い思いをしていたが、土産物を手にして、そこから東国へ下って行った――。

この出来事を考えると、生霊というのは、本人が自覚せずに魂が勝手に体から遊離《ゆうり》して、直接、人に乗り移ることかと思っていたが、なんと本人も自覚していることであった。

これは、民部省の大夫《たいふ》が、もと近江国《おうみのくに》で妻として寵愛《ちょうあい》していた女房を捨てて、京へ帰ってきてしまったので、女が大夫を怨《うら》むようになり、ついには生霊《いきりょう》となって近江から京へ飛んでいき、大夫にとり憑《つ》いて病み殺したのである。

それだから、女の一念ほど恐ろしいものはないと、語り伝えているとか――。

＊

美濃《みの》は、岐阜県の中部・南部に相当する地域です。尾張《おわり》は愛知県の西半分にあたります。

民部省《みんぶしょう》は、律令制《りつりょうせい》で、八省の一つ。民政全般、特に財政を担当する役所です。

大夫《たいふ》は、民部省の三等官で五位を授けられた者です。
七、八町は、約七五六～八六四メートル。近江国《おうみのくに》は、滋賀県に相当する地域です。
生霊《いきりょう》は、生きている人の霊魂《れいこん》がその人の体から遊離《ゆうり》したもので、怨みに思う相手にとり憑いて苦しめます。遊離した霊魂が本人の体に戻らないと、本人も死んでしまいます。

4　間違って他人に入り込んだ魂

（巻第二十の第十八より）

今ではもう昔のことだが――。

讃岐国《さぬきのくに》（香川県）、山田《やまだ》の郡《こおり》に、姓を布敷《ぬのしき》という一人の娘がいた。

この娘が突然、重い病にかかったので、父母は百味《ひやくみ》の供物《くもつ》をきちんと用意して家の門の左右に祭った。疫病神《やくびょうがみ》を饗応《きようおう》してご機嫌をとり、なんとか娘が死ぬのを免《まぬか》れようとしたのだった。

やがて閻魔王《えんまおう》の使いの鬼がその家にやって来て、重病の娘を冥土《めいど》（あの世）に来るよう呼び出した。

ところが、その鬼は冥土から現世《げんせ》（この世）まで走って来たので、走り疲れていた。それで家の門の左右の供物を見ると、これを用意してくれた人にへつらい、この供物を食べてしまった。

食後――。

鬼は、重病の娘を捕らえてあの世へ連れて行く途中、娘にこう話し、こう聞いた。

「我、ついおまえさんの家の供物《くもつ》をいただいてしまった。この恩に報《むく》いようと考えている。もしや、おまえと同じ名前、同じ姓の娘がいるか」

（はて……）

と娘は必死に思案し、こう答えた。

「わたしと同じ国の鵜足郡《うたりこおり》に、同名、同姓の娘がいます」

これを聞いた鬼は、山田郡の娘をあの世へ連れて行く途中であったが、その娘を引っ張って同姓同名の娘がいるという鵜足郡の家に寄り道をした。

鬼は鵜足郡の家の娘に面と向かうと、赤色の袋から一尺ほどの鑿《のみ》を取り出し、娘の額《ひたい》に打ち立てた。

（ヒッ……）

鵜足郡の娘はたちまちあの世へ召《め》されてしまった。

こうして山田郡の娘は自由にされたので、娘はおそるおそる家に帰ろうと思う間もなく息を吹き返した。

いっぽう閻魔王《えんまおう》だが、鵜足郡の娘があの世に召されて来るのを目にすると、

「この女は召《め》すべき女ではない。おまえ、女を間違えて連れてきたのだろう。この女はしばらくここに待たせておいて、あの山田郡の女を急いで呼んでこい」

と、鬼に命じた。

（むむ……）

鬼はもう秘密にしておくこともできまいと、しぶしぶ山田郡の娘をあの世へ連れてきた。

その娘を見て閻魔王《えんまおう》はこういった。

「これだ、これだ。まさしくこの女が召されるべき女である。あの鵜足郡《うたりこおり》の女は現世《げんせ》に戻さなければならない」

さっそく鬼は鵜足郡の娘を連れて現世に走った。

けれども、鵜足郡の娘は死後三日が経っていたので、その体はすでに家の者によって焼かれ、葬られていた。だから娘の肉体はなく、よって魂（死霊）の寄りつくところがなかった。そのため、鵜足郡の娘は生き返ることができなかった。

それで再びあの世に戻ってきた鵜足郡の娘は、

「わたくし、現世に帰らせてもらいましたが、体がなくなっていて、魂の寄りつくところがありません」

そう、閻魔王に訴えた。閻魔王は使いの鬼にこう聞いた。

「あの山田郡の娘の体はまだ焼かれずにあるか」

「まだ、ございます」

と鬼が答えると、閻魔王は鵜足郡の娘にこういった。

「それでは、山田郡の娘の体を手に入れて、お前の体とするがよい」

これにより、鵜足郡の娘の魂は山田郡の娘の体に寄りついて、その体に入り込んだ。

すると山田郡の娘は突然、重い病が癒《い》えて元気な体に戻ったのだった。


さて、山田郡の家の父母は娘が生き返ったのを喜び、感動していた。

けれども生き返った娘は、

（はて……）

という顔つきで家の中を見回すと、こう叫んだ。

「ここは、我が家ではない。我が家は鵜足の郡にあるッ」

この言葉を聞いた父母は、

（な、なんだって……ッ）

と驚き入って、

「おまえは我が子である。どういうわけでそんなことをいう。忘れてしまったのかッ」

そう、娘にさとした。

けれども娘はまったく父母の言葉を聞き入れず、さっさと独りで家を出て、鶏足郡《うたりこおり》の家に行ってしまった。

いっぽう鶏足郡の家の父母は、見知らぬ若い娘がやってきたので、

（はて、いったいこの娘は……）

と驚き、不審に思っていると、若い娘がこういう。

「ここはわたしの家だ」

（……ッ）

鶏足郡の父母は若い娘の意外な言葉に驚き、

「おまえは、わたしたちの子ではない。我が子はもう以前に焼いて、葬った」

そう、強くいった。

それで若い娘は、あの世で閻魔王《えんまおう》がいったことを、くわしくていねいに、鵜足郡の父母に語った。

これを聞いて泣き悲しんだ鵜足郡の父母は、若い娘に生きていたときのことなどを問いただしてみた。すると若い娘が答える内容は、ことごとく自分の娘と食い違うところがない。

そこで、体は我が娘ではないが、魂は確かに我が娘なので父母は喜び、この娘をこの上なく可愛がり、養育した。

また、この話を聞いた山田郡の父母が鵜足郡にやってきた。

その家を訪ねた父母は若い娘を見るなり、

(ややッ……死んだはずの娘が)

と、驚いた。まさしく我が娘である。魂は別といえども、その姿かたちを見て、山田郡の父母もこの上なく悲しんだが、この娘を可愛がった。

そういうわけで、両家の父母はともにこの若い女を娘と認め、ともに養育したので、両家の財産はこの若い娘一人に集まり、娘は現世《げんせ》で四人の親を持ち、両家の財産を自分のものにした。

これを見ると、饗応《きょうおう》の準備をして冥土《めいど》の鬼のご機嫌をとるのは、まんざら無駄な手立てではない。それをすることによって、こういうことがあるのだから。

また、人が死んだといっても、あわてて葬ってはいけない。万に一つはこういうことがあるのだと、語り伝えているとか――。

＊

山田郡《やまだこおり》は、香川県高松市東部と木田郡西部です。

百味《ひやくみ》は、多くの珍しい味や食物のこと。

疫病神《やくびょうがみ》は、疫病《えきびょう》を流行させるという神のことです。

閻魔王《えんまおう》の使いの鬼が来て呼ぶというのは、冥土（あの世）、すなわち死後の世界へ連れて行くということで、死を意味します。また、赤色の袋ですが、赤色は冥土の象徴といわれます。

鵜足郡《うたりこおり》は、香川県綾歌郡《あやうたぐん》西部と仲多度郡《なかたどぐん》南東部付近です。

魂は、肉体から自在に遊離《ゆうり》すると考えられていました。死は、魂が肉体から遊離して戻って来なかったときにくるものと信じられました。

5　捨てられて死んだ人妻の悪霊（巻第二十四の第二十より）

今ではもう昔のことだが――。

何某《なにがし》という名の者がいた。

この男は長年一緒に住んでいた妻を離縁してしまった。

そのため妻は深い怨《うら》みを抱き、嘆《なげ》き悲しむうちに病んで、数カ月このかた苦しんだすえ、怨みを抱いたまま死んでしまった。

この女には父母も親しい人もいなかったので、亡骸《なきがら》を取り片づけてくれる者もなく、そのまま家の中に放置されていた。

亡骸は腐って溶《と》けていくが、いつまでたっても髪の毛は頭皮から抜け落ちず、もとのごとく付着していた。また、亡骸の骨も要所要所は全部つながった状態で、バラバラになることがなかった。

この女の亡骸を、戸の隙間《すきま》から覗《のぞ》き見《み》た隣家の人は、

（げげッ……）

と、怖気《おぞけ》をふるった。腐敗しきって肉が溶《と》け、骨がむき出しになっている亡骸《なきがら》は見るにたえない。その上、骨がつながったままの状態である「連骨《れんこつ》」は、頭皮から落ちない髪の毛とともに、死者が悪霊となったことを示す「しるし」である。悪霊にとり憑《つ》かれれば、死ぬ——。そう、信じられている。

（……なんてことだ）

隣家の人は声も出ない。

また、この家の中はいつも真っ青に光っていたし、いつも家鳴《やな》りがしていたので、隣家の人はびくびくして怖気《おじけ》づき、逃げまどった。

さて、この話を聞いた夫だった男は恐れおののき、半ば死んだような気持ちになった。

（どうしたら、この悪霊の災難から逃れることができるのだろう。わたしを怨《うら》みに思い死んでいった女なので、わたしはきっとその悪霊にとり憑かれ、殺されるだろう）

と、震えあがった。

切羽詰まった男は陰陽師《おんみようじ》のもとに出かけていき、子細《しさい》を語って悪霊の災難から逃れる方法を相談した。

　すると陰陽師は、

「この祟《たた》りを免《まぬか》れるのは、非常に難しい。そうではありますけれども、せっかく相談されに来られたのだし、なんとか工夫してみましょう。しかしながら、あなた様はとても恐ろしい目に遭《あ》いますよ。それをなんとか耐え忍んでください」

と、男にいった。

　男は恐ろしい目に遭うといわれて怯《おび》えるが、背に腹は代えられない。承知したのだった。


　やがて日が沈むころになると――。

　陰陽師は怯える男を引っ張って女の亡骸が放置されてある家へ行った。

　男は人から話を聞いただけでさえ、髪の毛が逆立つほど恐ろしいのに、女の家の中へ入るのはもっと恐ろしく耐えがたかったが、ひたすら身を陰陽師に任せて家の中へ入った。

（むむ……ッ）

見ると、女の髪は本当に一本も頭皮から抜け落ちていないし、その骨はことごとくつながったままの状態で寝床に横たわっている。

陰陽師は、その亡骸《なきがら》の背中に馬乗りするように男をまたがらせた。そして、亡骸の髪をしっかり掴《つか》ませてからこういった。

「決して手放してはいけない」

それから陰陽師はなにか呪文《じゅもん》を唱えて祈祷《きとう》すると、

「わたしが戻って来るまで、ここに一人でいなさい。必ず恐ろしい目に遭《あ》うことでしょう。それをなんとか辛抱しなさい」

そういって家を出ていった。

(なんだって……ッ)

一人取り残された男はどうしようもなく、生きた心地もなく、もと妻の亡骸に馬乗りになってその髪をしっかり掴んでいた。

そのうち夜になった。

陰陽師はまだ戻って来ない。

男と亡骸の二人だけがいる家の中は、灯火《あかり》もなく真っ暗闇である。
（もう、夜中になるころだ……）
そう、思っていると――。
（はて……）
闇の中に声がする。
――ああ、重い
そう、聞こえる。
と、思う間もなく亡骸から死んだはずの女が立ち上がり、
――よしッ、あいつを探してこよう
と確かにいい、家から走り出て行った。
（……ッ）
男は息を呑み、
（あいつとは……わたしのことか）
と、怖気《おぞけ》立った。
女はどこへ行くともわからないが、夜の中を一目散に走って行く。

けれども男が陰陽師にいわれたように亡骸《なきがら》の髪を手放さずに掴《つか》んでいると、やがて女は戻ってきた。戻ってくるなり、女は前と同じように寝床に横になった――。と、男は思ったが、女の姿はなかった。あるのはむき出しの骨だらけの亡骸である。

（……ッ）

息を殺して様子をうかがっていた男は恐ろしいどころの話ではない。どうしてよいかわからなかったが、辛抱して亡骸の髪を手放さず、その背中にまたがっていた。ようやく鶏《にわとり》が鳴いた。暁《あかつき》の鶏鳴《けいめい》は霊鬼《れいき》の退散する時分と信じられている。亡骸が声を出さなくなった。

そのうち夜が明けると、陰陽師が戻ってきた。

ほっとする男に向かって陰陽師はこう聞いた。

「昨夜はきっと恐ろしいことがおありだったことでしょう。髪は手放さなかったでしょうね」

男は手放さなかったと答えた。

すると陰陽師はもう一度、亡骸に向かってなにか呪文を唱えて祈祷《きとう》すると、

「もうよろしい。帰りましょう」

兵・闘・者・皆・陣・列・在・前
臨・兵・闘・者・皆・陣・列・在・前

そういい、男をその住んでいる家まで引っ張って行った。男を家に連れ戻すと、

「この上はもう、恐れることはありませんよ。難事でしたが、相談されたことを断わりにくかったので、力を尽くして差し上げた」

そう、陰陽師《おんみようじ》はいった。これを聞いた男は泣き泣き陰陽師を拝《おが》んだ。

その後、男はまったく平穏無事で、長生きをした。


この話はそんなに古い話ではない。その男の孫は今の世に生きているからだ。また、その陰陽師の孫も、大宿直《おおとのい》というところに今でもいると、語り伝えているとか——。

＊

何某《なにがし》は、原典で人名部分が欠字になっているからです。

真っ青に光っては、燐《リン》（黄リン）が空気中で酸化されて出す青白い光、燐光と考えられます。

家鳴《やな》りは、家が音を立てて動くこと。

霊鬼《れいき》は、死者の霊のことです。また霊魂が形を変えた鬼のこと。

陰陽師は、「呪《のろ》い返《がえ》し（呪詛《じゆそ》返し）」という調伏《ちようぶく》を行なったようです。霊的存在の鬼《き》

神《じん》のたぐいを呪法で自在に操り、かけられた呪いを送り返すのです。これは諸刃《もろは》の剣《つるぎ》で、こちらの呪力が足らないと、すべての呪詛がこちらに返ってくるといわれます。この呪詛返しの名人が、あの安倍晴明《あべのせいめい》といわれます。

大宿直《おおとのい》は、大内裏《だいだいり》を守護する役人の詰《つ》め所《しょ》です。大内裏とは、天皇の居所である内裏を中心として朝堂院《ちょうどういん》（重要な儀式を行なう正殿）や諸官庁を配置した一郭のこと。宮城《きゅうじょう》。

6 執念が凝《こ》って蛇となる女（巻第十四の第三より）

今ではもう昔のことだが——。

熊野三社に参詣《さんけい》に行く二人の僧がいた。一人は年老いていた。もう一人は容貌の美しい若い僧であった。

二人の僧は、牟婁《むろ》の郡《こおり》に行き着くと、人家を借りて泊まった。

家の主人《あるじ》は独《ひと》り身《み》の若い女であった。召し使う女が二、三人ほどいた。

この家の女主人《おんなあるじ》は宿泊した若い僧の容貌を見て、

（まあ……なんて）

美しいのか——。と、見ほれて強い性的欲望の気持ちを目覚めさせ、ていねいに世話を焼いた。心の底で激しく恋をしていたのである。

さて、その夜——。僧たちがとっくに寝ている夜半ごろ、女主人は若い僧の寝ている部屋にこっそり這入《はい》り、着ていた着物を脱ぐと、若い僧と自分の上にかけて横になった。それで若い僧が目を覚ました。

（うん……ッ）

傍《かたわ》らに女がいる。若い僧は驚き、怖がった。そんな若い僧に、女はこうささやく。

「わが家には決して人を泊めないの。それなのに今宵《こよい》、あなたを泊めたのは、昼間、あなたを見たときからわたくしの夫《つま》（男＝恋人）にしたいと思う気持ちが強くあったからなの。それで、あなたを泊めて思いを遂げようと思い、ここに来たの。わたくしは夫をなくして独《ひと》り身《み》なの。わたくしを気の毒だと思うでしょう」

これを聞いた若い僧は起き上がって正座すると、

「わたしは前々からの願いごとがありますので、普段から身も心も仏道修行に励んでおり、はるか遠くからやってきまして、権現《ごんげん》の宝前《ほうぜん》（神仏の御前）で祈願しようとしています。ここで急に戒律（不淫戒《ふいんかい》＝性行為の禁止）を破って女人と交われば、お互い神仏の罰を受けることでしょう。ですから、すぐさまあなたはその情欲を抑《おさ》えてくださるのがよいでしょう」

そういって断わった。

するとと女は、

（なんですって……ここまでわたくしにいわせておいて）

とばかりに僧のつれない返事をとても恨《うら》んで、一晩中、若い僧に抱きついてみだらな行為をしようと誘惑した。

若い僧はいろいろな言葉を使って女をなだめすかしていたが、ついにこういう。

「わたしは、あなたのおっしゃることを承知しないのではない。ですから、これからすぐに熊野に行って参詣し、両三日《りようさんにち》（二、三日）のうちに灯明《とうみよう》・御幣《みてぐら》を差し上げ、その還向《げこう》の折にここに来て、あなたのおっしゃることに従いましょう」

これを聞いた女はその約束をあてにして、ようやく自分の部屋へ戻っていった。

夜が明けると、二人の僧は女の家を出て熊野へ向かった。

その後――。

女は約束の日を数えて若い僧の戻りを待った。少しの浮気心もなく、若い僧に恋いこがれて、いろいろ取り揃え、準備をして若い僧の戻りを待っていた。

けれども若い僧は熊野に参詣して帰る折、女のところへは寄らなかった。女を恐れて、参詣を終えるとすぐさまほかの道から逃げ、女の家を通り過ぎて行った。

そんなことを知る由《よし》もない女は、若い僧の戻りが遅いので、待ちかねて街道のほとりに出ていった。そして行き来の旅人に問い尋ねているうち、熊野から来たと見える僧がいたので、こう問い尋ねた。

「これこれの色の衣を着た若い僧と老いた僧の二人連れは、もう還向《げこう》したでしょうか」

するとその僧はこういった。

「その二人の僧なら早くに還向し、もう二、三日にはなる」

（なんですって……ッ）

激しい衝撃を受けた女は思わず手を打ち、

（ならば、とっくにほかの道から逃げて、ここを通り過ぎてしまった）

そう思い、ひどく腹を立てて、家に帰ると寝所に閉じこもった。

それっきり物音一つ立てることもなく、しばらくののち、死んでしまった。

女主人《おんなあるじ》の死を知って、召し使われていた女たちが泣き悲しんでいると、突然、五尋《いつひろ》（約九メートル）ほどの大蛇が、主人《あるじ》の寝所から這《は》い出てきた。

召し使いの女たちが息を詰めて見守るなか、大蛇は家を出て街道へ向かう。そして熊野から帰ってくる道に沿って行くかのように這い走って行く。

（やや……ッ）

と、道行く人たちは驚きおののいた。この噂が口から口へと伝わるうち——。

すでに還向《げこう》して街道を歩いていた例の二人連れの僧は、あとから来た人に、たまたまこう教えられた。

「通り過ぎてきたところで、奇妙な出来事があった。五尋《いつひろ》ぐらいの大蛇が出てきて野山を過ぎ、とっくにここらに来ているようです」

これを聞いて若い僧は、

（きっと、わたしが約束を違《たが》えたことで、あの家の女主人《おんなあるじ》が悪心《あくしん》を起こし、毒蛇となって追いかけてくるのだろう）

そう思案し、ただちに走り出して道成寺《どうじょうじ》という寺に逃げ込んだ。

寺の僧たちは走り込んできた二人を見て、

「どんなことがあって、そんなにあわてて走ってきたのだ」

と聞いた。それで若い僧はこれまでの経緯を詳しく話し、助けを求めた。

寺の僧たちが集まって相談した結果、鐘楼堂《しょうろうどう》の釣り鐘を取り下ろし、その中に逃げてきた若い僧を隠し、鐘楼堂に入れて扉を閉じ、寺の門も閉じることとなった。年老いた僧のほうは寺の僧と一緒に寺の奥の部屋へ隠れた。

少しの間があって、大蛇が寺にやってきた。門は閉じられていたが、それを越えて這入《はい》ってきた蛇は、鐘楼堂の周りをめぐってからその戸口のそばに行き、尾でもって扉を百度ほど叩いた。とうとう扉は破れ、そこから鐘楼堂の中に侵入した。そして釣り鐘に巻きつき、四時間、六時間と竜頭《りゅうず》を尾で叩いていた。

その異様な音が寺内に響き渡る。隠れていた寺の僧たちは怖がりながらも、不思議に思い、部屋の周囲の戸を開けて見ると――。

（やや……ッ）

大蛇がその二つの眼《まなこ》から血の涙を流しながら、鎌首《かまくび》をもたげて舌なめずりをして走り去るところだった。釣り鐘は大蛇の毒気に満ちた熱気に焼かれ、さかんに炎を上げている。とても近づけない。

それで釣り鐘に水をかけ、冷ましてからその中を見てみると――。

寺の僧たちは息を呑む。若い僧はことごとく焼け失せていた。骨さえ残っていない。

ほんの少しの灰があるだけだった。

旅をともにした年老いた僧は泣き悲しんで、道成寺《どうじょうじ》を出て行った。


その後――。この道成寺の、年功《ねんこう》を積んだ老僧の夢に、前の蛇よりはるかに大きい蛇が現われ、まっすぐにやってきて、老僧に向かいこういった。

「わたしは、あの釣り鐘の中に隠し置かれた僧である。悪女が毒蛇となり、とうとうわたしはその毒蛇のせいで愛欲煩悩《あいよくぼんのう》のとりこにされ、その夫となってしまった。薄気味悪く、汚い蛇の身に生まれ変わり、この上ない三熱《さんねつ》の苦《く》を受けている。今、この苦しみを取り除こうとしても、まったくわたしの力がおよばない。生きているときには法華経《ほけきょう》をしっかり心に刻み込んで忘れないでいたとはいえ、願わくは聖人《しょうにん》の広大な恩恵をこうむり、この苦しみから解放されたいと思う。よりいっそう広大できわまりのない大慈悲心を起こして、身を清浄に保ち、法華経の如来寿量品《にょらいじゅりょうほん》を書き写し、わたしたち二匹の蛇のために供養をし、この苦しみを取り除いてください。法華経の力でなければ、どうして逃れることができましょうか」

そういって、すっと去っていった。そのとき老僧は夢から醒《さ》めたのだった。

こうしたことがあったので、老僧はにわかに発心《ほっしん》して修行に励んだ。みずから如来寿量品を書写《しょしゃ》し、私財を投じ多くの僧を招いて一日の法会《ほうえ》を営み、二匹の蛇の苦しみを取り除くために供養をした。

その後、老僧の夢に一人の僧と一人の女が現われる。二人とも笑みを浮かべて喜んでいる様子で、道成寺に来ると老僧を拝《おが》んでこういう。

「あなたが清浄の善根《ぜんこん》を修してくれましたので、わたしたち二人はすぐさま蛇身を捨てて善所《ぜんしょ》（天上界・人間界）におもむき、女は忉利天《とうりてん》に生まれ変わり、僧は兜率天《とそつてん》に生まれ変わることができました」

そういい、おのおのが別れて空に昇った、と見るうちに老僧は夢から醒めた。

その後、老僧はますます法華経の威力をこの上なく尊んだ。

この老僧の心も滅多にないほど尊いが、これも老僧が、前世《ぜんせ》で仏の教えを説いて人を導く高徳の人であったからだろう。

こう考えると、あの悪女が若い僧に愛欲の強い気持ちを抱いたのも、前世からの因《いん》縁《ねん》によって結ばれた仲であったからなのだろう。

さて、女人の悪心が激しいことといったら、まさにこのようである。だから仏法（仏の説いた教え）は、女人に近づくことを厳しく戒めている。このことを理解したなら女人に近づいてはならないと、語り伝えているとか――。

＊

熊野三社は、和歌山県の熊野三山（本宮＝熊野坐《くまのにます》神社・那智＝熊野那智《くまのなち》神社・新宮＝熊野《くまの》速玉《はやたま》神社）のことです。

牟婁《むろ》は、紀伊半島の南端のあたりです。

権現《ごんげん》は、神仏が人々を救済するために人間となってこの世に権《かり》に現われること。また、その神仏の化身《けしん》のことです。

御幣《みてぐら》は、神仏に捧げるものの総称です。また、裂いた麻や畳んだ紙を細長い木にはさんだ祭具（幣束）の意もあります。

還向《げこう》は、神仏に参詣して帰ること。下向ともいいます。

一尋《ひとひろ》は、大人が両手をいっぱいに広げた長さ、ふつう約一・八メートルです。

竜頭《りゅうず》は、鐘を吊るすために鐘の上端につけてある竜の形の吊り手です。

三熱《さんねつ》の苦《く》は、畜生道《ちくしょうどう》（六道《ろくどう》の一つ）で、竜・蛇が受ける三つの苦しみのことです。

熱風熱砂に身を焼かれる苦・暴風に衣服を奪われる苦・金翅鳥《こんじちょう》に食われる苦。ちなみに金翅鳥はインド神話・仏典に見える想像上の鳥です。

法会《ほうえ》は、仏事を行ない、死者を供養したりするための集会です。

善根《ぜんこん》は、よい報《むく》いを受ける原因となる行ないのこと。

善所《ぜんしょ》は、来世に生まれる善いところ。

天上界・人間界は、六道（地獄道・餓鬼道《がきどう》・畜生道・修羅道《しゅらどう》・人間道・天道＝天上界）の一つです。前の三つを三悪道《さんあくどう》、あとの三つを三善道《さんぜんどう》といいます。六道は、すべての人々（衆生《しゅじょう》）が生死をくり返す六つの世界のこと。三悪道におちても、そこでの修行しだいで三善道に生まれ変われるようです。

忉利天《とうりてん》は、六欲天の下から二番目の天のこと。六欲天は、俗界《ぞっかい》（俗人の住む迷い多い世界）に属する六種の天上界。他化自在天《たけじざいてん》・楽変化天《らくへんげてん》・兜率天《とそつてん》・夜摩天《やまてん》・忉利天《とうりてん》・四天王《してんのう》の総称です。

兜率天《とそつてん》は、六欲天の下から四番目の天。ここには将来、仏となるべき菩薩《ぼさつ》が住み、現在は弥勒菩薩《みろくぼさつ》が説法をしているとされます。

二章 この時代の【妻と夫】の話

1　燕《つばめ》を見て操《みさお》を守る妻（巻第三十の第十三より）

今ではもう昔のことだが――。

どこそこの国の、ある郡《こおり》に住んでいた人が、自分の娘に男を引き合わせて結婚させた。

ところが、夫になった男が死んでしまった。

そこで親はもう一度、娘をほかの男と結婚させようとする。けれどもそれを知った娘が母親にこういった。

「わたくしに夫と連れ添って生きる宿世《すくせ》（宿命）がもしあるのなら、前の夫もきっと死なずに連れ添えたのではないでしょうか。それができなかったのは前世《ぜんせ》からの因縁《いんねん》による報《むく》いがあればこそ、あの男《ひと》も死んだのでしょう。たとえまた夫を迎えても、わたくしの身の報いなら、今度も夫は死ぬでしょう。ですから、その話をすすめるのはおやめください」

これを聞いて母親はとても驚き、父親にこのことを話した。

すると父親は娘に、

「わたしは、すっかり年老いた。もうじき死ぬ。おまえは親の死後、どのようにして暮らしていくつもりなのだ」

そういい、依然として再婚させようとする。

娘は、それならばと、両親にこんな話をした。

「この家に巣をつくって、子を産んだ燕《つばめ》がいます。オス燕と連れ添っています。その燕を捕らえて、オス燕は殺し、メス燕は印《しるし》をつけて放してください。そして明くる年、そのメス燕がほかのオス燕を連れてやって来たなら、それを見た上で、そのときこそ、わたくしに夫を迎えさせてください。畜生《ちくしょう》ですら、夫を亡くせば、ほかに夫を持つことはありません。まして人は畜生より思いやりがあるものでしょう」

これを聞いて、

(むむ……)

なるほど、それもそうだ――。

そう思った両親は、家に巣をつくっていた番《つがい》の燕を捕らえると、オス燕を殺し、子を産んだメス燕はその頸《くび》に赤い糸をつけて放したのだった。

明くる年の春――。

家の者たちが燕の来るのを待っていると、

その頸《くび》に赤い糸をつけたメス燕がやってきた。

（おお……ッ）

けれどもメス燕はオス燕を連れていなかった。そのメス燕は巣づくりをしたが、子を産むことなく、秋には飛び去っていった。

これを見た両親は、

「本当におまえのいうとおりだった」

と娘にいい、再婚させようという気持ちをなくした。

それで娘は、

かぞいろはあはれとみらむつばめそら
　ふたりは人にちぎらぬものを

（両親は夫を失ったわたくしをふびんに思っているのだろう、でも燕でさえ二人の相手には契《ちぎ》らないものなのに、どうしてわたくしが二人の相手に契ることができましょう）

と、歌を詠《よ》んだ。

この出来事を考えると、昔の女の心はこういうものであった。近ごろの女の心と同じようなものではなかったのだ。燕も、再びほかのオス燕と連れ添わなければ子はできないのに、単独で巣づくりの家に戻って来たのはしみじみと心を動かされると、語り伝えているとか――。

＊

どこそこの国、ある郡《こおり》は、原典で国と郡の名前が欠字となっているためです。

宿世《すくせ》は、前世《ぜんせ》からの因縁《いんねん》のことです。その結果としての、この世での運命、宿命のこと。

かぞいろは、両親、父母の意です。

2 哀れな妻と薄情な夫（巻第三十の第四より）

今ではもう昔のことだが――。

中務省《なかつかさしょう》の大輔《たいふ》（次官の上位）である何某《なにがし》という者がいた。この大輔には息子がなく、娘が一人だけいた。

大輔はこの一人娘を、家は貧しいが兵衛府《ひょうえふ》の佐《すけ》（次官）である男と結婚させた。娘の家はあれこれやりくりして若い婿《むこ》の面倒を見たので、数年も過ぎると、婿は娘から離れがたく思うようになった。そんな時分に、義父である中務省の大輔が死んでしまった。母堂（義母）一人になり、万事につけ心細く思っていたところ、母堂も引き続いて病気になり、幾日も患《わずら》った。

そのため娘はとても寂しく悲しくて、溜め息ばかりついていた。そのうち母堂も死んでしまった。屋敷に独り取り残された娘は泣き悲しんだが、どうしようもなかった。使用人たちもしだいに暇《いとま》をとって、みな屋敷を出て行ってしまった。それで、この家の娘は夫である兵衛府の佐にこういった。

「親が生きているうちは、いろいろやりくりして面倒を見て差し上げることができましたが、このように暮らしが立たなくなってしまいましたので、あなたのお世話などもできません。どうして見苦しい格好で宮仕えできましょうか。そんなことはしていただくわけには参りません。ですから、どのようにもあなたの良いようになさってくださいな」

妻は夫に、誰か暮らしに余裕のある女と結婚することをすすめたのだった。

夫は、そんなことをいう妻がかわいそうになり、

「どうしておまえを見捨てられよう」

といって、相変わらず妻のもとに通っていた。

けれどもしだいに夫の着るものなどが見苦しくなっていくいっぽうなので、妻は、

「たとえほかの女《ひと》のところにお行きになっても、わたくしをいとおしいとお思いになったときはお便りをくださいな。こんな状態では、宮仕えもおできにならなくなるでしょう。それではわたくしも悲しゅうございます」

といって、無理やり別の女のもとへ行くようすすめた。それで、ついに夫は心を決

め、去ってしまった。

それからは妻独《ひと》りとなり、いっそう寂しく、心細いことこの上ない。屋敷もがらんとして、使用人もいなかった。ただ、幼い女の童《めわらわ》(召し使いの少女)が一人だけいたのだが、衣《きぬ》(着物)もなく、食べるものもなく、どうにもならなくなったので、この子も出ていってしまった。

夫はあれほど妻を「かわいそうだ、ふびんだ」といっていたけれど、ほかの家の婿《むこ》になると便りさえ寄越さなかったので、一度も通《かよ》って来ることもなかった。だからといって妻が出かけていって不満もいえないので、結局、夫との交わりは途絶えてしまった。

それで、妻は壊れかかった寝殿《しんでん》の片隅に一人でひっそり暮らしていた。

その寝殿の別の片端に、年老いた尼《あま》さんが住《す》み処《か》(宿)を借りて住んでいた。

その尼さんが、夫に去られた娘を気の毒に思い、ときどき菓子《かし》(くだもの)や食べ物など、手に入ったものを持ってきては恵んでくれたので、それにすがって娘は幾年かを過ごした。

あるとき――。

近江国《おうみのくに》（滋賀県）から長宿直《ながとのい》の仕事に任ぜられた郡司《こおりのつかさ》の息子という若い男が京に上《のぼ》ってきて、尼さんのもとへ宿泊した。

若い男は尼さんにこうもちかけた。

「退屈なので、若い娘を世話してくれないか」

（なんじゃと……）

尼さんはとっさにこの屋敷の娘を脳裏に浮かべたことだろう。若い男にこういう。

「わたしは年老いて出歩くこともしないので、若い娘がどこにいるのかわからない。でも、ほかでもない、このお屋敷にとても整っていてお美しい姫君がただ独り、貧乏にお暮らしのようです」

（なんだって……ッ）

美しいと聞いて、若い男は気になってこういう。

「その娘に会わせてくださいよ。そんなに心細い暮らし向きであるのなら、もし本当にお綺麗である女《ひと》なら、国に連れ帰って妻にしたい」

これを聞いて尼さんは、

（おほほ……）

と内心、微笑んでいたことだろう。

「そのうち、姫君にそのお話をしてみましょう」

そういい、会わせることを引き受けた。


その後――。

若い男は尼さんをやいのやいのと責め立てた。それでようやく尼さんは寝殿《しんでん》にいる娘に菓子《かし》などを持っていったついでに、

「ずっとこんな状態では、いられないでしょう」

といい、それから、

「ちょうど、近江国《おうみのくに》からそれなりに立派な人の息子が京に上《のぼ》ってきていますが、その方《かた》が、姫君がそんな状態でいるのなら、国にお連れ申し上げたいと、しきりに申しておりますが、そのようになさいませ。このままではわたくしも気がかりでなりません」

そう、誘った。

（なんですって……ッ）

落ちぶれたとはいえ、高貴な人の娘である自分が、田舎の郡司《こおりのつかさ》の息子の世話にななれない。そんな気持ちであったのだろう。

娘は、

「どうしてそのようなことができましょうか、わたくしにはできません」

と断わった。そのため、尼さんは何もいわず引き上げていった。

その夜――。

娘に断わられた若い男は、なおも娘とのことを一途《いちず》に思いながら、弓などを持って屋敷の周りをうろついた。そのため犬がしきりに吠える。

寝殿にいる娘は犬の吠え声を聞いていつもよりいっそう薄気味悪くなり、心細い思いをしながら夜を過ごした。

その夜が明けると、尼さんがまたやってきた。それで娘は尼さんに、

「ゆうべは何となく薄気味悪く、心細くて仕方がなかった」

などと、打ち明けた。

すると尼さんはここぞとばかりに、

「だからこそ申し上げたのです。あのように申し出ている者と一緒におなりになりなさい、と。心細いことなど、ございませんよ」

と、結婚話をすすめた。

娘は、

（……本当に、どうしようかしら）

と考えている様子である。それを見て尼さんは、

（……ならば）

と、その夜、若い男をひそかに娘のところへ通《かよ》わせることにし、その手引きをした。

こうして若い男は娘を手に入れたのだった。

その後、若い男は娘になれ親しむとともに、初めて知った京の高貴な女の風情にはまり、一刻も離れがたい気持ちになって近江《おうみ》へ連れて帰ることにした。娘も、今はどうしてもいいという思いで、若い男と一緒に近江へ下った。

ところが――。

若い男は近江国で親の家に住んでいたが、妻を持っていた。それで妻の親の家に行

くと、妻にひどく憎まれて、悪しざまにいわれた。

（……）

妻の実家に面倒を見てもらっている若い男は何もいい返すことができなかった。あげく京から連れてきた娘のもとに寄りつかなくなった。

それだから、娘は以後、若い男の親である郡司《こおりのつかさ》の家で婢《ひ》（召し使いの女・下女）として使われることとなった。

そうして幾年か経つと——。

近江国の新しい国守《くにのかみ》が任命されて、京から下ってくることになった。歓迎の意を表わすために、国をあげてこの上ない大騒ぎをした。

やがて郡司の家でも、「もう、国守がお着きになった」と聞いて騒ぎ合い、菓子《かし》（くだもの）・食べ物などを盛大に用意して国司《こくし》の館《やかた》へ運び込むこととなった。そのため、男女の運び手がたくさん必要となった。

郡司は、息子が京から連れてきた娘を「京の女」と呼んでここ数年、婢として使っていたので、この娘も運び手の一人として、物を持たせて国司の館へやることにした。

娘は多くの下衆《げす》（下男・下女）たちと一緒に物を持って国司の館に運び込んだ。そ

の光景を見ていた新しい国守は、

（おや……）

あの娘はほかの下衆《げす》とは違うぞ――。そう、思った。

（優雅で、気品がある……）

そう見えたのは、郡司《こおりのつかさ》が「京の女」と呼んでいる娘であった。

国守《くにのかみ》は、小舎人童《こどねりわらわ》（召し使いの少年）を呼び寄せると、人に気づかれないようにこう耳打ちした。

「あれはどういう女なのか。尋《たず》ねて、夕方ここへ参らせよ」

さっそく小舎人童が人に尋ねると、しかじかという郡司に使われている女だとわかった。

それで小舎人童は郡司にこういう。

「殿がご覧になられて、夕方、館《やかた》に連れてくるようおっしゃられた」

（なんだって……ッ）

驚いた郡司は家に帰ると、京の女を呼んで入浴させたり、髪を洗わせたりと、念入りに世話を焼いた。そして妻に、

「あれを見よ。京の女が、きれいに手入れした姿の美しさを」

そういって、感心した。

こうしてこの夜、郡司は京の女に衣《きぬ》（着物）などを着せて国守に差し出した。閨《ねや》の相手をする御伽《おとぎ》として提供したのである。

なんと、この新しい国守は、京の女の元の夫、兵衛府《ひょうえふ》の佐《すけ》だった男が出世した姿であった。

だから国守は、この女をそばに呼び寄せて見ていると、妙に見たことがあるように思えた。それで抱いて横になって情交してみると、とても肌が合って知らない体のようには思えなかった。

（むむ……ッ）

この上なく懐かしい心地がする。

それで国守は、

「おまえはどういう者なのだ。妙に見たことがあるように思えるのだが」

そう、いった。

（はて……）

女は新しい国守が昔の夫とは気がつかなかったので、

「わたしはこの近江国《おうみのくに》の者ではございません。京におりました」

と、答えた。

それを聞いた国守《くにのかみ》は、

（……京の女が近江に来て、下女として郡 司《こおりのつかさ》に使われているというのか）

などと、ちょっと考えたりしたが、女がとても愛《いと》しく思えたので、それからは毎晩のように館《やかた》に呼び寄せては抱いた。抱けば、相変わらず妙にしみじみとした味わいが感じられて、どうしても前に関係を持ったことがあるように思われる。

それで国守は、

「それではおまえは、京ではどういう身分の者だったのか。どういう因縁《いんねん》があるのかわからないが、おまえをしみじみ愛《いと》しく思うから聞くのだ。隠さずにいいなさい」

と、強くいった。

ついに女は、

「本当はしかじかという者でございます。もしかしたら、あなた様は昔の夫の縁故のお方かと思いましたので、日ごろは申し上げずにおりましたが、このようにたってお聞きなさるので、お話しいたしました」

と、ありのままに語って泣いた。

それを聞いた国守は、

（やはり、そうだったのかッ……）

妙に見覚えがあったのも当たりまえだ。昔の妻だったのだ――。そう思い、運命の不思議さに胸がつまった。涙がこぼれそうになるのを、強《し》いてさりげないようにふるまっていた。そのとき琵琶湖の波の音がすさまじく聞こえてきた。

それで女は、

（はて……あれは）

と思い、

「何の音なのでしょう、恐ろしくありませんか」

と、いった。すると国守はこんな歌を詠《よ》んだ。

これぞこのつひにあふみ（近江）をいとひつ、
世にはふれどもいけるかい（甲斐）なみ

(これこそ近江《おうみ》の湖《うみ》の波の音だ。これまで近江を避けて世を過ごしてきたが、あなたと一緒でなければ、生きる甲斐もない)

そして国守《くにのかみ》は、

「わたしがわからないのか。まぎれもない昔の夫ではないか」

そういって女を強く抱きしめて泣いた。

ことここにいたって女は、

(それでは、あなたはわたしの元の夫であったのかッ……)

と気づいたのだが、あまりの恥ずかしさを堪《こら》えられなかった。ひと言も口をきかず、ただもう、その体がどんどん冷たくなっていき、硬直してしまった。

それを見た国守が、

「こ、これは、どうしたというのだッ」

そういって大声を立てているうちに、女は元の夫の腕の中で死んでしまった——。

この話は思うに、とても哀れである。女が元の夫に気づいたとき、自分の前世《ぜんせ》からの因縁《いんねん》による身の不運を思いやって、恥ずかしさに耐えられずして死んだのであろう。

元の夫の心配りが足りなかった。元の夫であることを明らかにせず、黙ってただ女の暮らしの面倒を見てやればよかったのだと思われる。

この女が死んでから後のことは伝えられていないと、語り伝えているとか——。

＊

中務省《なかつかさしょう》は、律令制《りつりょうせい》で、八省の一つ。宮中のあらゆる事務をつかさどる役所です。

兵衛府《ひようえふ》は、兵衛を監督し天皇の身辺警護をつかさどる役所です。ちなみに兵衛は、宮門の守衛や宿直《とのい》・行幸《ぎょうこう》の供奉《ぐぶ》などにあたる武官のこと。

当時は、若い婿《むこ》の世話は妻の側《がわ》、すなわち妻の実家でするのが普通でした。

寝殿《しんでん》は、貴族住宅の様式である「寝殿造り《しんでんづくり》」の中央南面の建物のことです。

長宿直《ながとのい》は、長期の宿直のこと。領主である貴族の邸宅の警護などのため、荘園《しょうえん》から召し上げられて勤めます。

郡司《こおりのつかさ》は、地方の行政官です。国司《こくし》の下にあり、郡内の政務を担当した役人です。

国守《くにのかみ》は、国司の長官です。国司は中央から諸国へ派遣された役人で、行政・警察・司法を担当します。

あふみは、「逢う身」と「近江《おうみ》」、かいは「甲斐」と「貝」の掛《か》け詞《ことば》です。同音を利用して一語に複数の意味を持たせるものです。

あまりの恥ずかしさは、京の高貴な姫君であったはずの自分が田舎の郡司《こおりのつかさ》の息子の妻にもなれず、召し使いの下女になってしまったことや、それを元の夫に知られてしまったこと。それは死にたくなるほどの恥辱であったので、心が堪《こら》えられずショック死を引き起こしたのでしょう。

3　捨てた先妻のもとに戻る夫（巻第三十の第十一より）

今ではもう昔のことだが――。

誰とは名前を明かさないが、人品いやしからぬ公卿《くぎょう》の家柄でありながら受領《ずりょう》（地方長官）をしている年若い男がいた。その男は風流を解する心があって、上品な人物であった。

しかし、この男は長年連れ添ってきた妻のもとを去り、当世風《とうせいふう》ではなやかな女のもとに通《かよ》うようになった。だから、元の妻のことをすっかり忘れてしまった。

元の妻は、男が新しい女のところに通っているのでつらい思いをし、たいそう心さびしく暮らしていた。

ある日のこと――。

男は、摂津国《つのくに》（大阪府北西部と兵庫県南東部）に荘園《しょうえん》を領有しているので、そこへ行って好きなことをして楽しもうと遊びに出かけた。

その途中、難波《なにわ》（大阪市）あたりを過ぎたころ、浜辺のとてもきれいな景色を見て回っているうち、小さい蛤《はまぐり》の貝に海松《みる》がふさふさ生えているのを見つけた。

（おっ、これは何と珍しく、面白いものだろう）

まるで女人《にょにん》の隠しどころではないか――。

そう思いながら貝を手にした男は、

（これを、わたしの最愛の女《ひと》のもとに送ってやり、見せて面白がらせよう）

と思いついた。

そこで男は、男女間のことに気が利くので召し使っている小舎人童《こどねりわらわ》（召し使いの少年）を呼んで、

「これを、間違いなく京に持って行き、あそこにお届けせよ」

と命じた。

小舎人童は差し出された貝を見て、

（なるほど……）

といった顔つきで見入っている。その小舎人童に主人《あるじ》はさらに、

「これはとても面白いものなので、見せて差し上げたくお届けします、と申せ」

まるで女人の…

といって、持たせた。

小舎人童《ことねりわらわ》はさっそく蛤《はまぐり》の貝に海松《みる》がふさふさ生えているものを持って京へ走った。

けれども、小舎人童は「あそこ」を勘違いしてしまう。

主人《あるじ》の新しい女のところへは持って行かずに、元の妻の家へ持って行き、取り次ぎの女房《にょうぼう》に「こうこうしかじかです」と伝えた。

それを聞いて元の妻は、

（はて……殿はいったいどちらにいるのかしら）

と、思う。殿から使いが来るなどまったく思いがけないうえ、面白いものだという物が届けられ、それを「京に戻ってくるまで失《な》くさずに御覧になっていてくれ」という伝言《ことづけ》まであったからだ。

そこで元の妻は取り次ぎの女房に、殿はどこにいらっしゃるのかを、使いの小舎人童に訊《たず》ねさせた。

すると、小舎人童はこう答えた。

「殿は、摂津国《つのくに》にいらっしゃいます。そういうわけで、難波《なにわ》あたりでこれをお見つけなされたので、お差し上げになられたのです」

それを取り次ぎの女房から聞いた元の妻は不審に思う。

（これは、持って行くところを間違えて持ってきたのではないか……）

そう思うが受け取って、

「たしかに承《うけたまわ》りました」

とだけ、取り次ぎの女房に返事をさせた。それを聞いて、小舎人童は即座に走り帰って摂津国に行き、

「間違いなく差し上げてまいりました」

と、主人《あるじ》に伝えた。

だから男は、新しい女のところへ持って行ったと思っていた。

いっぽう元の妻のところでは、蛤《はまぐり》の貝に海松《みる》がふさふさ生えているものを見ると、本当に面白いものだったので、盥《たらい》に水を入れて前に置き、その中に蛤を入れて、面白がって眺めていた。

やがて――。摂津国の荘園で十日ばかり遊んだ男は京へ戻ってくると、新しい女の家に行き、にっこり笑ってこういった。

「先日、差し上げた、あれ、ありますか」

(はて……お届け物なんて、あったかしら)

と新しい女は思いながら、

「お届け物など、ありませんでしたよ。それはどのような物ですの」

と、男に聞いた。

男は、

(むむ……どういうことだ)

そう思いながら、

「いや、なに。小さい蛤《はまぐり》に可愛らしい感じの海松《みる》がふさふさ生えているものを難波《なにわ》の浜で見つけて、見ていると面白いものだったので、急ぎ人をやって、差し上げたのだが」

といった。

すると新しい女はこういった。

「まったくそういう物は見ませんでした。どなたをこちらに寄越されたのですか。持って来られたら、蛤は焼いて食べ、海松は酢の物にして食べたでしょうに」

それを聞いて男は、

（なんだって……）

と、自分が考えていた趣向とは違うのでがっかりし、いささか興ざめの気分になった。そこで男は外に出て、使いに出した小舎人童《こどねりわらわ》を呼んでこう問いただした。

「おまえは、このあいだの物をどこに持って行ったのだ」

（……ッ）

小舎人童は、思い違いをして元の妻のところへ持って行ってしまったと答えた。

「なんだってッ」

主人《あるじ》はたいそう怒って、

「すぐさまそれを取り返して、今すぐここに持って来い」

と、小舎人童を急き立てた。

ひどいしくじりをしてしまったと、小舎人童はあわてて主人の元の妻の家に走った。

そして、ことの次第を述べて、それをお返しいただきたいと、申し入れた。

それを、取り次ぎの女房から聞いた元の妻は、

（やはり、そうだ。届け先の間違いだったのね）

と合点《がてん》し、返してやることにした。元の妻は、水に入れて見ていた蛤《はまぐり》を、急いで盥《たらい》から取り出すと陸奥紙《みちのくがみ》に包み、その紙には歌を書いておいた。

これを持って小舎人童《こどねりわらわ》は大急ぎで帰り、その旨《むね》を伝えると、主人《あるじ》は外へ出てきてそれを手にとって見た。

（むむ……）

それは送ったときと同じ状態であったのでとてもうれしく、失《な》くさずにあったのだと、元の妻の性格に心ひかれる思いで、家の中に入って包み紙を開いてみた。

すると、

（やや……）

包み紙に歌が書かれている。

あまのつとをもはぬかたにありければ
　みるかいなくもかへしつるかな

（海からのお土産物が意外な方＝わたくし＝にありましたので、見て楽しみましたが、海松《みる》のついた貝を見る甲斐もなくなり、お返しするのだなあ）

これを読んだ男は深く心を打たれて感動した。そのことと、新しい女がいったこと――貝は焼いて食べるし、海松は酢に入れて食べるでしょうといったこと――を考え合わせると、たちまち心変わりをしてきて、元の妻のところへ行きたいと思う気持ちが起こった。

（逢いたい……）

それで、そのままその蛤を携《たずさ》えて元の妻の家に走った。

男はきっと、元の妻に新しい女がいったことを聞かせたことだろう。こうして新しい女のことを忘れて、元の妻のところに通《かよ》うようになった。

しみじみとした味わいのわかる人の心情とは、こうしたものである。男は、新しい女のいった食欲ばかりの言い草を、本当に嫌だと思ったのだろう。

元の妻のような風流を解する心には、夫は間違いなく戻って来て一緒に暮らすようになると、語り伝えているとか――。

＊

受領《ずりよう》は、実際に任地に赴《おもむ》いて政治を行なう国守《くにのかみ》（地方長官＝国司のトップ）のことで、遥任《ようにん》（任地へ行かず京にいた名目だけの地方長官）に対する語です。

浜辺というのは、難波《なにわ》の浦のことで、淀川の河口から上町台地西側一帯の海岸をさすようです。

海松《みる》は、日本の沿岸に普通に見られる海藻の一種。

陸奥紙《みちのくがみ》は、檀紙《だんし》といい、檀《まゆみ》の皮から製した厚手の上質紙です。懐紙《ふところがみ》（＝畳紙《たとうがみ》）、すなわち折りたたんで懐中《かいちゆう》に入れておき、鼻紙または歌などを書くのに用いていました。

あまのつとは、「海《あま》の苞《つと》」で、苞は贈り物として携《たずさ》えてゆく土産物（土地の産物）のこと。

みるは「見る」と「海松《みる》」、かいは「貝」と「甲斐」を掛けています。

4　泣く泣く別れた夫と妻のその後

（巻第三十の第五より）


今ではもう昔のことだが――。

京に、この上なく貧しく、これといったとりえもない男がいた。男には妻がいたが、お互い京には知った人もなく、父母や親類もなく、住まいもなかったので、人の屋敷に召し使われていたが、少しの恩顧《おんこ》（引き立て）もなかった。

それで、

（もしかしたら……もっと好ましい身の寄せ先があるのではないか）

そう思って、あっちこっちの屋敷に身を寄せてみた。けれども、いつでもほかと変わらず同じ首尾ばかりで、かといって宮仕えもできず、どうにもならなくなった。

この男の妻は年齢《とし》も若く、容姿も好ましく、物静かで落ち着いていたので、貧しい夫に従っていたが、そのうち夫は万事にあれこれ思い悩んだ末、この妻にこんな相談をもちかけた。

「この世に生きているかぎり、一緒に暮らそうと思っていたが、日増しに貧しさばかりが募《つの》るのは、もしかしたらおまえと一緒にいるのが良くないのではないだろうか。別々に暮らして、自分の運命を試してみたらどうかと思うのだが、どうだろうか」

(別れようというの……ッ)

若い妻は夫の意外な相談事に驚くが、落ち着いてこう答えた。

「わたくしは、少しもそうは思いません。何事もみな、前世《ぜんせ》からの因縁《いんねん》でしょうから、お互い飢《う》え死《じ》にを覚悟していれば、よいのだと思っていました。でも、あなたがおっしゃるように、いくら努力してもどうにもならないのは二人が一緒にいるからだというのであれば、本当に一緒にいることが良くないことなのかどうか、試しに別れて暮らしてみましょう」

それでついに夫は心を決め、のちの巡り会いを口約束して泣く泣く別れた。

その後――。

妻は年齢《とし》も若く、容姿もよかったので、何某《なにがし》という人の屋敷に身を寄せ、召し使われた。

この屋敷の男主人《おとこあるじ》は、この女が物静かで落ち着いていたので、しみじみとした味わいがあると思って召し使っていた。

けれども、そのうち男主人の妻が死んでしまった。それで、男主人はこの女を親しげに呼んで召し使っているうち、傍《かたわ》らに寝かせるなどして、この女と性的関係を持ってわりない仲となり、愛《いと》おしく感じるようになった。

そのようにしているうち、この女をまるで妻として扱うようになり、万事を任せきりにした。

やがて、男主人は摂津国《つのくに》（大阪府北西部と兵庫県南東部）の守《かみ》（地方長官＝国司《こくし》のトップ）に任命された。女もそれにつれてますます人にかしずかれる身となり、ここ数年を後妻として過ごしていた。

いっぽう妻と別れて一人暮らしをしてみようと張り切った元の夫は、その後、ますます落ちぶれるばかりで、とうとう京にもいることができなくなり、摂津国のあたりまでさまよって行き、すっかり田夫《でんぷ》（一農夫）となって人に使われていた。

けれども農夫になった元の夫は、下衆《げす》（身分の低い者・使用人）のする田づくり・畑づくり、それに木の伐採などは慣れない仕事だったので、要領よくできないでいた。

そのうち雇用主は、この男を難波《なにわ》の浦《うら》の葦刈《あしか》りにやった。

ちょうど、そのころ――。

国守《くにのかみ》に任命されていた男主人《おとこあるじ》が多くの一族郎党《いちぞくろうとう》とともに、北の方（奥方＝後妻となった女）を連れて任地の摂津国《つのくに》へ下向《げこう》した。

その途中、一行は難波あたりで牛車《ぎっしゃ》を止めて、遊覧した。酒と食事を楽しみ、遊び興じた。北の方は、女房《にょうぼう》などとともに牛車から難波の浦の、風情のあるきれいな景色を眺めたりして楽しんでいた。

その難波の浦には葦を刈る下衆《げす》たちが多くいた。

（おや……）

その下衆たちの中に、どこか品があってふびんに見える男が一人いる。

その男を、北の方は気をつけてよく見守り、

（はて、妙に昔のわが夫に似ているなあ……）

と思ったけれども、

（見間違いかも……）

といっそう目をこらして見ると、

(やや……ッ)

確かに昔の夫である。

昔の夫が落ちぶれ果てた見苦しい姿で葦を刈っている。それを見て、

(やはり、駄目だったのね、みじめなことになって……。どんな前世《ぜんせ》からの因縁《いんねん》でこうなるのだろう……)

と思って涙がにじみ出てくるが、そのような気配も見せずに使用人を呼んで、

「あそこの葦を刈る下衆の中にいる、これこれの者を呼んできなさい」

と、命じた。

さっそく使い走りが飛んで行き、その男にこういった。

「おい、そこの者、御車《みくるま》のお方がお呼びだ」

(うん……今なんとッ)

思いもかけないことだったので仰天し顔を仰向けている男に、

「早く来いッ」

と、使い走りは声を高くして促した。それですぐに男は葦刈りをやめ、鎌を腰に差すと牛車の前に参上した。

その男を、北の方が近くでよく見れば、

（ああ……ッ）

まぎれもない昔の夫である。

夫は土で汚れて真っ黒な、袖もない麻布の帷子《かたびら》、それも膝頭《ひざがしら》のあたりまでしかない短いものを着ていた。帽子は烏帽子《えぼし》とはいえない粗末なもので、布製の丸いかぶりものを頭に載《の》せている。顔にも手足にも土がつき、この上なくきたならしい。脛《すね》や膝のうしろの凹《くぼ》みには蛭《ひる》が食いつき、血だらけである。

この姿を見て元の妻は情けない思いになり、食べ物を与え酒なども呑ました。牛車のほうを向いてがつがつ飲み食いしている昔の夫の顔は、とても情けないものである。

それで牛車にいる女房たちに、

「あの葦《あし》を刈る下衆《げす》たちの中にあって、この男ばかりがどこか由緒《ゆいしょ》ありげで哀れに見えて、とてもいたわしいので」

と、いい訳をするかのようにいい、ひと重ねの衣《きぬ》（着物）を牛車の中から差し出し、

「これを、そこにいる男に取らせよ」

といって女房に与えた。このとき紙の端《はし》に文《ふみ》を書いて衣と一緒に与えた。

衣《きぬ》を頂戴した元の夫は思いもかけないことだったのでびっくりし、ふと紙を見ると、その端《はし》にこう書かれてあった。

あしからじとをもひてこそわかれしか
などかなにはのうらにしもすむ

（悪くはなるまいと思ったからこそ別れたのに、どうしてまた難波《なにわ》の浦《うら》で葦《あし》を刈っているの）

これを見た元の夫は、

（なんと、この女《ひと》は、わたしの昔の妻であったのか……ッ）

と初めて気づき、自分の前世《ぜんせ》からの因縁《いんねん》による報《むく》い（運命・宿命）をとても悲しく、また恥ずかしく思った。それで、

「御硯《みすずり》をお貸しください」

といい、硯と筆が与えられると、

きみなくてあしかりけりとおもふには
　いとゞなにはのうらぞすみうき
（あなたがいなくてはやはり駄目であったと思うにつけても、難波の浦はますます住みづらい）

そう書き記して、北の方に差し上げた。

これを読んだ北の方はいっそう元の夫をふびんに思い、悲しみをつのらせた。

けれども、元の夫はもう葦を刈りに戻ろうともせず、そのまま走り去ってどこかへ行方《ゆくえ》をくらましてしまった。

その後、北の方はこの出来事をあれこれと他人《ひと》に話すことはなかった。

そもそも人はみな、前世からの因縁による報いを受けているのに、そのことを知らずに、愚かにも現世《げんせ》での身の不幸を嘆くのである。

この話は、北の方が年老いてのち、つい人に話したものであろう。それを聞き継いで、世の末になってから、このように語り伝えているとか――。

＊

摂津国《つのくに》は、大阪府北西部と兵庫県南東部にあたります。

難波《なにわ》の浦《うら》は、大阪市の淀川河口から上町台地西側一帯の海岸のことです。

葦《あし》は、イネ科の多年草《たねんそう》で、笹の葉に似ています。「あし」が「悪し」に通ずるのを忌《い》み嫌って「よし」ともいいます。

一族郎党《いちぞくろうとう》は、血のつながる同族と家来たちのこと。

北の方は、貴人の正妻のこと。この場合は農夫になった男の元の妻のことです。

下向《げこう》は、都《みやこ》（京）から地方へ行くことです。

女房《にょうぼう》は、宮中や諸官・貴人の家などに仕える女性の総称です。

帷子《かたびら》は、裏地のない衣服。単物《ひとえもの》。

あしからじは、「悪《あ》しからじ」と「葦刈らじ」、あしかりは、「悪《あ》しかり」と「葦刈り」の掛《か》け詞《ことば》です。

世の末になってからは、この事件からずっとあとになってから、ということのようです。「末法《まっぽう》の世」になってからと受け取れますので、その考えによれば一〇五二年が末法元年ですので、それ以後に語り伝えたということになるのでしょう。

5 夫が見た妻の逆立つ髪（巻第三十一の第十より）

今ではもう昔のことだが――。

尾張国《おわりのくに》（愛知県西半分）に勾経方《まがりのつねかた》という者が住んでいた。経方の通称は、官首《かんじゅ》といった。

その経方には数年来一緒に住んでいる妻のほかに、恋しく思っている女がいた。

夫に別の女がいることを知っている妻は、女の通例とはいいながら、とてもしつこくがみがみいって夫を責めた。

けれども女と離れがたく思っている経方は、あれやこれやとたくらんでは隠れて女のもとへ通《かよ》っていた。

それを妻はむりやり問いただし、経方がその女のもとへ行ったと聞きつけると、顔色を変え、正気を失って嫉妬に狂った。

そうしているうち、経方は京に上《のぼ》らなければならない用事ができて、ここ数日、上京の準備をしていた。

いよいよ明日、京へ向けて出立するという前夜——。

経方《つねかた》は、

(何とかして今夜、あの女のところへ顔を出しておこう)

としきりに思う。

けれども妻にひどく嫉妬されるのがわずらわしいので、やはりおおっぴらに女のところへは行けなくて、妻にこういって外出した。

「国府《こくふ》に呼ばれたのでね、ちょっと行ってくる」

国府は、諸国に置かれた国司《こくし》の役所。あたかも用事で出かけるふうを装った。

久しぶりに恋しい女の家を訪ねた経方は、

「まあ……」

と喜んでくれた女がいっそう愛《いと》おしい。ただちに女と睦《むつ》み合《あ》い、激しく交わり、寝物語などをしているうち、いつしか寝入ってしまった。

このとき、経方は夢を見たという。それによると——。

経方のいる女の部屋に突然、妻が駆け込んできた。

（やや……ッ）

と驚く経方に向かって妻は、

「あら、あなたは何年もこのようにわたくしと二人で寝ていたくせに、この女とこんなことをしながら、どうしてわたくしにはきれいごとをいっていたの」

などといい、次々と口ではいえないほどの、ひどいことをたくさん口走ってつかみかかってきた。そして、寝床に臥《ふ》せっている経方と女のあいだに割り入って引き裂こうとするので、これは騒ぎになると思ったそのとき、夢からさめた――。

この夢のあと、経方はとても薄気味悪くなり、急いで女の家を出ると、妻のいる家に夜明け前に戻った。


夜が明けた。京へ上《のぼ》る日である。

上京の準備の点検をしていた経方は、目を上げずにかたわらの妻にこういった。

「昨晩は、守殿《しゆでん》（国司の館《やかた》）で仕事がいろいろあってね、すぐにも退出できず、徹夜だったので寝ていない。だから、苦しくてならないよ」

すると、妻はこういった。

「早く、食事をなさいッ」

そのいいぐさに、

(うん……)

と思い、経方《つねかた》は目を上げて妻を見た。

(げ……ッ)

妻の頭髪が一度にどっと逆立ち、一度にどっと臥《ふ》す。まるで蛇のようである。

なんて恐ろしいことをするものだと、息を詰める思いで見ていると、妻が冷たくこういった。

「なんて、あなたは面《つら》の皮の厚い人なの。夕べ、国府《こくふ》になんて行ってやしないでしょ。間違いなくあの女のところへ行って、二人して睦《むつ》み合《あ》った顔よ」

(むむ……ッ)

経方は窮して、

「どこの誰が、そんなことをいったんだ」

と、問いただした。

するると妻はこういった。

「まあ、憎たらしい人ね。夢で、はっきりと見たのよ」

（なに、夢……ッ）

驚いた経方は、なぜそんな夢を見たのかと妻に聞いた。

妻は、こう答えた。

「夕べ、あなたが家を出て行ったときに、きっとあの女のところへ行くのだと思ったわ。そしたら、あなたが女といる夢を見たのよ」

それから、

「夕べの夢の中で、わたくしがあの女のもとに行くと、あなたは女と二人で寝ていて、いろいろ寝物語をしていたわ。よく聞きなさい、そのときわたくしは――」

あなたはここには来ないといったけど、こうして二人で寝ているじゃないの、といってあなたたち二人を引き離そうとしたら、女もあなたも起き上がって騒いだじゃないの――。

そう、妻はいった。

これを聞いて経方は仰天し、

「ならば、そのとき、おまえはどんなことをいった」

と問いただすと、妻は女の寝床にいる経方《つねかた》にあれこれいったことを一つもこぼさず、こまごまといってみせた。

(むむ……ッ)

自分が見た夢の内容とそれが少しも違わなかったので、経方は恐ろしいどころの話ではない。驚きあきれはてるばかりである。

けれども経方は自分の見た夢は話さなかった。のちに人に会ったとき、「しかじかの不思議な出来事があった」と話した。


そもそも心に一途《いちず》に思っていることは、このように間違いなく夢に見るのである。

この出来事を考えると、経方の妻はどれほど罪深いことか。嫉妬は罪深いことであるからだ。妄執《もうしゅう》にとらわれると間違いなく蛇になると世間の人はいうと、語り伝えているとか——。

＊

官首《かんじゅ》は、地方の有力者に用いられる通称で、その地域の「長《おさ》」の意のようです。

国司《こくし》は、中央から派遣され、諸国の政務を管掌した地方官のこと。

「夢は五臓《ごぞう》の患《わずら》い」といい、夢を見るのは内臓が疲れている証拠だといわれます。一途に思っていることがあったり、一途に思っている異性がいたりすると、精神をすり減らして疲れてしまい、その結果、夢を見てしまうということのようです。

罪深いは、仏教的観点からのものです。

6 浮気な夫とその妻（巻第二十八の第一より）

今ではもう昔のことだが――。

二月の初午《はつうま》の日は、京中の上中下《かみなかしも》のすべての身分の人たちが稲荷詣《いなりもう》でといって伏見《ふしみ》稲荷《いなり》に参詣《さんけい》する日であり、初午祭りが行なわれる。それで例年より多くの人が参詣した年があった。

その年の初午の日――。

近衛官《このえづかさ》の舎人《とねり》（近衛府の下級役人）たちも参詣した。

下級役人とはいえ、みな一条天皇（第六十六代）および藤原氏の最盛期における錚々《そうそう》たる舎人たちである。

舎人たちはみな、食糧を入れた袋、白木の折り箱、酒などを、それぞれの下部《しもべ》（下男）に持たせ、連れ立って参詣にやってきた。

稲荷山の頂上近くには、上社《かみやしろ》・中社《なかやしろ》・下社《しもやしろ》の三つの稲荷社がある。そのうちの中社

に近づいたとき、

（お……ッ）

舎人たちは一人の女に目を奪われた。お参りする人とお参りを終えて帰る人たちが行き交う人込みの中で、いいようもないほどきれいに着飾った女に出会ったからだ。女は、砧《きぬた》でよく打って深い光沢を出した上着《うわぎ》に、襲《かさね》の色目《いろめ》を紅梅《こうばい》（表紅・裏蘇芳《うらそほう》）と萌黄《もえぎ》（表裏とも萌黄色）で合わせて、なまめかしく歩いていた。

（あら……）

女は勇ましい舎人たちが歩いて来るのに気づいて道を譲り、木のそばに隠れて立った。そして舎人たちが通り過ぎるのを待った。

けれども舎人たちは木の陰に隠れた女に近づいて行き、穏やかならぬ卑猥《ひわい》なことをいいかけたり、あるいは俯《うつむ》いている女の顔を、姿勢を低くして見ようとしたりしながら、通り過ぎて行った。

この参詣に来た舎人たちの中に茨田重方《まつだのしげかた》という者がいた。

重方はもともと好色な男だったのでよく浮気をし、妻はいつもいまいましく思っていたが、重方はそうではないといちいち理屈をいっては妻と口争いをしていた。

重方《しげかた》はそういう色好みの人なので、その女に目をつけたとき、中社《なかやしろ》に立ち止まっていた。そして、ほかの舎人《とねり》たちがその女のそばを通り過ぎてしまうと、やおら女に近づいて行き、あれこれと十分に心をくばって口説いた。

（まあ……）

女は念が入った男の口説きにこう答えた。

「奥様をお持ちのお方が、行きずりの軽率な気持ちでおっしゃるのを聞くことこそ滑稽ね」

その声は非常に可愛らしく魅力的である。

そこで重方は、

「まあまあ、あなた、あなた、わたしはいかにも賤《いや》しい妻を持っていますが、あいつの顔ときたら猿のようで、その心は物売り女ですよ。ですから離婚しようと考えているのですが、そうするとすぐに綻《ほころ》びを縫《ぬ》ってくれる女《ひと》もいなくなって具合が悪いので、気に入った方に行き会ったら、その女《ひと》に移ろうと強く思っているので、このように申し上げているんです」

というと、

（……）

女は一瞬の間《ま》ののち、

「これはまあ、本当のことをおっしゃっているのか、冗談をおっしゃっているのか」

と聞き返す。

すると重方は、

「……このお社《やしろ》の神さまもお聞きになってください。ここ数年のあいだ考えていたことを、このようにお参りしたお蔭《かげ》で、神さまが叶えてくださったと思えば、こんなうれしいことはございません」

そういってから、

「それで、あなたは独り身《ひとりみ》でいらっしゃるのか。また、どこにお住まいなのですか」

と、女に聞いた。

すると女はこういう。

「わたくしにも、これと定まった夫がいるわけではございません。宮仕えなどをしておりましたところ、ある男《ひと》が退職をすすめましたので、その妻になりました。けれどもその夫は田舎で死んでしまいましたので、この三年ほど頼りになる人がいますようにと、このお社《やしろ》にお参りしていたのです」

さらに、

「あなた様が本当のことをおっしゃっているのなら、わたくしの居場所をお知らせいたしましょう」

といったかと思うと、

「いやいや、行きずりの人のおっしゃることをあてにするなんて、馬鹿げていますよね。さっさとお行きになってくださいな。わたくしも失礼しましょう」

といい、すぐに女は重方《しげかた》の前を通り過ぎようとする。

(これはまずい……)

と重方は思ったのだろう、とっさに揉《も》み手《で》をし、その手を額《ひたい》に当てて深く頭を下げた。そのため、目の前の女の胸元に重方の烏帽子《えぼし》の先が直《じか》に当たった。その格好のまま重方は、

「神さま、お助けください。このようなつらくてやりきれないことなどお聞かせくださるな。ここからあなたと一緒に行き、我が家には二度と足を踏み入れません」

そういって、両手を合わせて拝《おが》んだ。

すると女は突然、頭を下げて拝んでいる重方の、その頭の髻《もとどり》を、烏帽子《えぼし》越しにぐいとつかみ、重方の面《つら》をぴしゃんと音がとどろき渡るぐらい強烈に叩いた。

（な、なんてことをするんだッ）

仰天した重方は、

「こ、これは、何をしなさるッ」

といって頭を上げながら、上目使いに女の顔を見て、息を詰める。

（げ……ッ）

そこにいるのは我が妻であった。

重方は、我が妻に謀《はか》られたのである。

重方は驚きあきれ、

「おまえは、何かにとり憑《つ》かれて狂ったのかッ」

そう、妻にいった。

すると妻はいきり立ってこういった。

「あなたは、どういうわけでこんな油断のならない浮気心を起こされたの。ほかの舎《と》人《ねり》の方たちが、あなたのことを、行動に裏表があるので用心したほうがいいと知らせに来てくれたので、これはきっと、わたくしに焼《や》き餅《もち》を焼かせようとしているのだと思い、信じていなかったのに、本当のことだったのね。あなたはさっきご自分でいったように、今日からはわたくしのもとへ通《かよ》って来たら、ここのお社《やしろ》の神さまの罰があたるでしょう。どういうわけで、あんなことをいったのですか。その面《つら》をぶったたいて、ここで行き交う人たちに見せて、笑ってやりたいと思う。くそ、おまえという男《ひと》はッ」

これを聞いて重方《しげかた》は、

（こいつ、やはり何かにとり憑《つ》かれて狂ったな……）

と思いながらも、

「わかった、わかった。いかにも道理だ」

と笑いながら妻にいい、ご機嫌をとるが、妻はいっこうに許さない。

こんな事態になっているのを知らないほかの舎人《とねり》たちは、やがて稲荷山の坂の上の崖に登り立つと、

「なぜ、茨田《まつだ》の奴（重方）は遅れているんだ」

浮気者め！

などといって中社《なかやしろ》のほうを振り返って見れば、坂の下で重方《しげかた》と女が取っ組み合っている様子。

「むむ……あれは何をしているんだ」

と舎人《とねり》たちはいい合い、すぐさま坂下へ走り戻って近寄って見ると、

（……ッ）

なんと重方は妻に髻《もとどり》をつかまれ、面《つら》をぶち叩かれたり罵《ののし》られたりして棒立ちになっている。

舎人たちは、

「よく、おやりになった」

と重方の妻をさかんに誉めちぎり、

「だから、ここ何年ものあいだ申し上げていたでしょう」

といった。

それを聞いた重方の妻は、

「この方たちが見ている前で、わたくしがこのようにする気持ちがわかったでしょう」

というと、烏帽子《えぼし》越しにつかんでいた重方の髻《もとどり》を放した。

重方はくしゃくしゃになった烏帽子を、整えたりしながらかぶり直し、とぼとぼと参道の坂を登っていった。

その重方に向かって妻は腹立ちまぎれに、

「あなたは自分の思いをかけた女のもとへ行きなさい。わたくしのもとへ来たなら間違いなく足をぶち折ってやるからね」

といい、参道の坂を下りていった。


さて、その後――。

重方はあのように妻にいわれたけれども、家に帰ってきて妻のご機嫌をとりまくると、妻の腹立ちがおさまった。

それで重方は、

「おまえはこの重方の妻だからこそ、あのような鮮やかなことをやってのけられたのだ」

と、威張るようにいった。

するとは、

「お黙りッ、この馬鹿者ッ。目盲《めしい》のように自分の妻の気配も察知できず、声を聞いてもそれとわからず、馬鹿をさらして人に笑われるなんて、ひどく馬鹿げた話ではないかしら」

そういって夫をあざ笑った。

その後、この出来事は世間に知られ、重方《しげかた》は若い公達《きんだち》（上流貴族の子弟）などによく笑われたので、若い公達が現われる場所では逃げ隠ればかりしていた。

この妻は重方が亡くなったあと、年齢《とし》も女盛りになって別の男の妻になったと、語り伝えているとか——。

＊

初午《はつうま》は、陰暦二月の最初の午（十二支《えと》の七番目）の日のことです。

上中下《かみなかしも》は、身分の高い人、中くらいの人、低い人たち全部のことです。

伏見稲荷《ふしみいなり》は、京都市伏見区深草《ふかくさ》の伏見稲荷大社のことです。

近衛官《このえづかさ》は、近衛府に同じです。宮中の警護、貴人の近侍《きんじ》などを担当する役所。

砧《きぬた》は、木または石の台。槌《つち》で布を打って、布地のつやを出したり、やわらかくしたりするのに用います。

上着《うわぎ》は、女房装束《にょうぼうしょうぞく》で、袿《うちき》を重ねて着るとき一番上に着る袿。袿は、女官が正装するとき着用した短い上衣（唐衣《からぎぬ》）の下に着る衣服。

襲《かさね》は、重ねて着る衣服のこと。

色好みは、情事を好むこと、またそういう人のほか、風流人もさしますが、平安時代では、男の価値を決定できる要素でもあり、単なる情事を超えた、恋の情趣を尊ぶという美的理念でもあったそうです。民俗学者の折口信夫によれば、多くの女を愛し、幸福を与え、多くの子孫を持つことが、古代の帝王が備えるべき徳の一つでした。

目盲《めしい》は、目の見えない人のことです。

三章

この時代の【したたかな女】の話

1　好色な老医師に陰部の瘡《かさ》を治させる女（巻第二十四の第八より）

今ではもう昔のことだが——。

宮中の医薬・医療などをつかさどる典薬寮《てんやくりょう》（役所）の典薬頭《てんやくのかみ》（長官）で、天下に並ぶものがないほど腕のいい老医師がいた。この老医師は歯もなくきわめてシワだらけの顔をしていたが、人々はみな、この老医師を頼みとしていた。

ある日のこと——。

この老医師の屋敷の門内へ、美しく装った女車《おんなぐるま》が乗り入れてきた。その車の下簾《したすだれ》の下から、派手な装束《しょうぞく》の裳裾《もすそ》がのぞいている。

（はて、いったいどこの車だろう）

そう思って老医師は女車についていて来た雑色《ぞうしき》（下男）たちに声をかけてみたが、応《こた》えない。それどころか車をどんどん奥に乗り入れ、車から牛をはずして轅《ながえ》を下ろした。そして軛《くびき》（横木）を蔀戸《しとみど》の下の戸に差しかけると、門前に引き下がった。

そこで老医師は女車のそばに歩み寄って、

「車の中に、どなたがおいでになられるのか。わたしに、何事をおいいつけになるのか」

そう問いかけたけれども、車の中の女は誰とも名乗らず、ただこういった。

「適当なところに局《つぼね》（部屋）を一つ用意してくださいな」

（な、なに……）

一瞬、老医師の息がとまる。その物言いが、とてもかわいらしく魅力的であったからだ。

じつはこの医師はもともと好色で、女に心を引かれやすい性質《たち》の老人であった。

（そういうことならば……ッ）

と、老医師はすぐさま屋敷内の隅《すみ》のほうの、人目につかない部屋を掃き清め、屏風《びょうぶ》を立てたり畳を敷いたりして、用意し終えると、女車へ戻ってその旨を女に伝えた。

すると女は、

「それでは、ちょっとそこをどいてくださいな」

という。それで老医師がすごすごとその場から離れて立っていると、女は扇で顔を隠しながらいざって車から下りてきた。

（おや……）

老医師は、お供の女房《にょうぼう》も乗っているると思っていたのだが、乗っていたのは女一人であった。

その女が車から下りるやいなや、十五、六歳ぐらいの、便器（樋箱《ひばこ》＝おまる）などの掃除をする女の童《めわらわ》（召し使いの少女）が車のたもとに近づき、車の中から蒔絵《まきえ》をほどこした櫛箱《くしばこ》（じつは便器）を取り出した。と見ているうちに、門前に引き下がっていた雑色《ぞうしき》たちがやってきて、牛を轅《ながえ》にかけると、車を引いて飛ぶように屋敷から去っていった。

老医師が、車から下りた女を用意した離れの部屋に案内すると、女の童は櫛箱を包みで隠すようにしながら、屏風《びょうぶ》の後ろにかがんで小さくなっている。

老医師は部屋に近寄って、

「これはいかなる人が、何事をわたしに命じられるのか」

と、簾《すだれ》の向こうにいる女に簾ごしに尋《たず》ねた。

するとと女は、

「こちらへお入りなさい。恥ずかしがりはしませんので」

という。

それで簾の中に入った老医師は、

（おお……）

と、息を呑む。差し向かいで見た女は、三十ばかりの年だが、髪の格好から目・鼻・口と、どこ一つとっても欠点がない。端正で、髪がたいそう長い。香をたきしめた美しい派手な衣《きぬ》（着物）を重ねている。恥ずかしがる気配もなく、まるで長年一緒にいる妹《いも》（妻）でもあるかのように、うちとけた感じで向かい合っている。

この様子を見て、老医師はなんとも不思議な女のように思う。

けれども、

（とにかく、この女は、いかようにでも自分の意のままになるはずだ……）

と推し量って、歯の抜けたシワだらけの顔に笑みをこぼしながら、女のそば近くに寄ってあれこれ心配りをする。老医師は長年連れ添った老妻を亡くして三、四年にもなり、妻のない身であるからなおさらうれしい。

すると女は、

「人の心のあさましいことといったら……。命が惜《お》しいと思えば、どんな恥ずかしさも恥ずかしく思わないものです。わたくしも、じかにどんなことをされても命さえ助かればと思って、参りました。今はもはや、生かすも殺すもあなた様のお心しだいです。身をお任せいたします」

そういってさめざめと泣いた。

（むむ……）

声をしのばせて泣く女に老医師は哀れを催してきて、どういう事情があるのか、尋《たず》ねた。すると女は突然、袴《はかま》の股《もも》立ち――袴の左右の腰の両側のあきを縫い止めたところ――を引き開けて見せた。

（おお……ッ）

目にした女の股の淡雪のような白さに、老医師は目を瞠《みは》るが、

（やや……）

その白さに少し腫《は》れが見える。しかも、その腫れはきわめて不審に思われた。それで老医師は袴の紐《ひも》を解かせて腰の前部、つまり陰部のあたりを見ようとするが、陰毛に閉ざされていて、見えない。

（ふむ……）

ならばと、おのれの手の指を用いて女のそこらあたりをさぐってみると、陰部のすぐそばに瘡《かさ》（腫瘍《しゅよう》＝できもの）らしきものがある。

（こ、これは……）

女の陰毛を左右の手指でもって掻《か》き分けて見ると、その腫瘍は命にかかわる非常に危険なものであった。

老医師はすっかり女が気の毒になり、こう思う。

（何年も続けている医師の腕にかけても、秘術を尽くさねばならぬ……）

その日から老医師は人を寄せつけず、

みずからたすきがけで夜を昼に継いで女の陰部の腫瘍《しゅよう》の治療にあたった。

七日ばかり治療に専念したところ、女の腫瘍はよく癒《い》えた。老医師はすっかりうれしくなって、

（今、しばらくはここに置いておこう。どこの誰と聞いてから、帰らせよう）

などと思いながら、もう患部を冷やすことはやめて、茶碗に何やら摺《す》り込んだ薬を入れ、鳥の羽でもって日に五、六度、女の陰部の傍《そば》につけてやるだけにした。

（もう、大丈夫）

という老医師の様子で、女もそれと知って喜び、

「見苦しいところまでお見せしました。本当に親のように頼りにしております。ですから、わたくしが家に帰るときにはこちらの御車《みくるま》で送ってくださいませ。そのときに、わたくしの素性《すじょう》を申し上げましょう。また、ここにもいつも参上いたしましょう」

などという。

それで老医師は、

（今、四、五日はここにいるだろう）

と思って、つい油断してしまった。

女はこの日の夕暮れ、寝るときに着る薄い綿入れ一枚だけを身に着けると、女の童《めわらわ》を連れて逃げ出してしまった。

そうとも知らない老医師は、みずから女に夕の食物を与えようと、お膳にととのえのせて、いそいそと女の部屋へ足を運んだ。

（はて……）

女の姿が見えない。老医師は、

（只今、用便中なのだろう）

と遠慮して、夕の食物をのせた膳を持っていったん下がって来た。

そうこうしているうち日が暮れたので、老医師はまず火を灯《とも》そうと思い、燭台《しょくだい》に火を入れて、女の部屋へ持っていった。

（やや……）

明かりに照らされた部屋をよく見れば、脱ぎ散らかした衣《きぬ》（着物）ばかり。櫛箱《くしばこ》（便器）もある。

（いったい、こんなに長く姿を隠して、屏風《びょうぶ》の後ろで何をしているのだろう）

と思い、

「こんなに長く何をしていらっしゃる」

といって、屏風《びょうぶ》の後ろに回ってみると、女も、女の童《めわらわ》もいない。いるはずがなかった。着重ねていた衣《きぬ》も袴《はかま》もそのままである。けれども、ただ一つ寝るときに着る薄い綿入れだけがない。

ここにいたってようやく老医師は、

(いなくなったのだろうか……)

あの薄綿《うすわた》一枚だけを着て逃げたのか——。そう、気がついたとたん胸が騒ぎ、どうしてよいかわからなくなった。

さっそく門を閉ざし、家中の人が火を灯《とも》した燭台《しょくだい》を手に持って屋敷の中をあちこち探し回ったが、どうして女がいるはずがあろう。いるはずがない。

いないとわかると、目の前にあでやかな女の顔や様子が浮かんで、ただもう恋しいやら悲しいやら、きりがない。

また、

(女の病気など気にしないで、早いとこ思いをとげておけばよかった。どうして治療するだけで手を出さなかったのか……)

などと悔しくて、うらめしい。
それだから好色な老医師は、
（妻もいなくて遠慮しなければならない人もいないのに……。人妻なら、妻にはしないまでも、ときどき密会するのには極上の女を手に入れたと思っていたのに……）
そう、つくづく思った。

このように女に謀《はか》られ、逃げられてしまったので、老医師は手を打ってくやしがり、地団太踏んでシワだらけのひどい顔にべそをつくって泣いた。その様子を見て、弟子の医師たちはひそかに笑った。

世間の人たちもこのことを聞いて笑い、「本当ですか」などと尋《たず》ねたりしたので、老医師は激しく怒り、いさかいになったりした。

思うに、この女はすごく賢かったのだろう。ついにどこの誰とも女の名前は知られなかったと、語り伝えているとか――。

＊

女車《おんなぐるま》は、女性が乗る牛車《ぎっしゃ》のことです。女房車ともいいます。

下簾《したすだれ》は、牛車の簾の内側に掛ける絹のとばりのこと。

雑色《ぞうしき》は、走り使いをする下男のこと。また、御所や役所などで雑役をつとめる者。

轅《ながえ》は、牛車などの前に長く出した二本の棒のことで、その先端に軛《くびき》（横木）を渡して牛馬に引かせます。

簾《すだれ》ごしは、女は夫や愛人、父親以外の男にはじかに顔を見せないのが、嗜《たしな》みでした。ですから老医師は簾ごしに声をかけたのです。しかし、そのあと女は老医師を簾の中へ誘い入れます。だから老医師は、この女が自分の意のままになると踏んだのでしょう。

蔀戸《しとみど》は、格子《こうし》を組んで間に板を挟んだ戸で、上・下二枚に分かれている雨戸の一種。日光・風雨をさえぎるためのものです。

2　巧妙な細工で言い寄る男をだます女（巻第三十の第一より）

今ではもう昔のことだが――。

平定文《たいらのさだふん》（さだふみとも）という、兵衛府《ひょうえふ》の次官である男がいた。兵衛府というのは、兵衛（武官＝つわものの舎人《とねり》）を監督し、天皇の身辺警護を担当する役所である。

定文は、通称を平中《へいちゅう》（へいじゅうとも）といい、家柄がよく、姿かたちの美しい男であった。その立ち居振る舞いに漂わせる気品といい、ものの言い方といい、すこぶる魅力的であったので、当時は世間に平中よりまさる者はいなかった。

そういう人物なので、人妻や娘はもちろん、宮仕えの女たちならばなおのこと、平中に言い寄られない女は一人もいなかった。

そのころ本院の大臣《おとど》（左大臣の藤原時平《ふじわらのときひら》）の屋敷に出入りしていた平中は、この藤原邸に侍従《じじゅう》の君《きみ》という姿かたちがすばらしく、言動やしぐさも可愛い若い女房《にょうぼう》がいるという評判を聞いた。それからというもの数年のあいだに、それはそれは命がけで侍従の君を恋い慕うようになった。

けれども懸想文《けそうぶみ》（恋文）を書いては使いに届けさせても、侍従《じじゅう》の君《きみ》は返事一つ寄こさなかった。嘆《なげ》き落胆した平中《へいちゅう》は、

『ただ手紙を「見た」とだけの二文字でもよいから見せてください』

という手紙を、泣かんばかりに繰り返し書いては使いに届けさせた。

すると――。

あるとき、使いが返事を持って帰ってきた。それを知ると、平中は物にぶつかるほど夢中で部屋から出て行き、使いからその返事を奪い取って開けてみると――。

（な、なんてことだ……ッ）

そこには、平中が書いて遣《や》った手紙の文中の、『見た』という二文字のところだけが破られて、薄い鳥の子紙《とりのこがみ》（上質の和紙）に貼りつけてあった。

（くそッ……）

平中はいっそういまいましくなり、面白くないこと限りない。

このことがあったのは二月のみそか（最終日）であった。平中はこう決心する。

（もういい。これで懸想はやめよう。悩むばかりで無駄なことだ）

その後は便りもやらずに過ごして、五月の二十日あまり（旧暦）になったころ――。

その日は五月雨《さみだれ》がひっきりなしに降り、いわゆる五月闇《さつきやみ》（真っ暗な夜）になった。

平中は、

（それにしても、こんな夜にあそこへ訪《たず》ねて行ったなら、鬼のようなむごい心を持った女でも、気の毒だと思って中へ入れてくれるのではないだろうか）

と、思いついた。

夜が更《ふ》けても雨の降る音はやまない。

（よし……ッ）

とばかりに平中は、目当てにするものとてない真っ暗闇の中を、内裏《だいり》から無理をして藤原邸に出かけて行き、以前から女の局《つぼね》（部屋）に取り次いでくれていた女の童《めのわらわ》（召し使いの少女）を呼んで、こう伝えるように頼んだ。

『思い悩んだあげく、このように参上いたしました』

わかりましたと局に走った女の童はすぐに戻ってくると、侍従《じじゅう》の君《きみ》に教えられた通りの口上を、こう述べた。

『只今、わたくしはご主人様の御前《ごぜん》におりまして、ほかの方々もまだ起きていらっしゃるので下がることができません。今しばらくお待ちください。皆が寝静まったら、こっそりお逢いいたします』

（やったぞ……ッ）

と平中《へいちゅう》は胸をどきどきさせて、

（思った通りだ。こういう雨のひどい夜にやってきた男に心を動かさないわけはない。ああ、来てよかった）

と悦に入りながら暗い戸口にたたずんで待っていると、さぞ数年もの時間を過ごすような気持ちがしたことだろう。

一刻《いっとき》（約二時間）ほどすると、藤原邸の人たちが皆、寝床につく物音がし、そのうち戸内から人の足音が近づいてきて遣り戸《やど》（引き戸）の掛け金をそっとはずす音がした。

（……やっと来てくれたかッ）

うれしくなって、いそいそと遣り戸を引いてみると、

（お……ッ）

たやすく開いた。まるで夢心地で、これで「あの女を抱ける」と思うと、うれしさに身が震えた。このとき、身が震えるのは怖いときばかりではないと知ったほどだ。はやる気持ちを落ち着けて、そっと灯火《あかり》の消えた室内に這入《はい》ると、

（むむ……）

局《つぼね》には空薫《そらだき》ものの香が満ちている。その暗闇の中、平中は侍従《じじゅう》の君《きみ》の臥《ふ》し所《ど》（寝床）と思われるところに歩み寄って、手でさぐってみると――。

（うん、これは……）

すらりとした身に、やわらかくしなやかな衣一重《きぬひとかさね》を着けて、侍従の君が臥している。その頭や肩の具合を手でさぐってみると、頭から肩は華奢《きゃしゃ》な感じで、髪をさぐれば、雨夜の湿り気で氷のようにひんやりした手触りである。

うれしさのあまり平中の体はいつの間にか震えてきて、口も利けない。

と、暗闇の中で侍従の君が、こう声をかけてきた。

「とんだことを忘れていました。仕切りの障子の掛け金を掛けずにきてしまいましたので、行ってあれを掛けてきましょう」

平中はもっともだと思い、

「では、早く掛けていらっしゃい」

といった。

すると侍従《じじゅう》の君《きみ》は寝床から起き上がり、上に着ていた衣一重《きぬひとかさね》を脱ぎ捨てて、下着姿で掛け金を掛けに立った。

そこで、平中《へいちゅう》も下紐《したひも》を解いて寝床で待っていると――。

カチャ

たしかに障子の掛け金が掛かる音が聞こえてきた。それで、

（お、もうそろそろ戻ってくるぞ）

そう思っていると、足音が奥のほうへ遠ざかっていくように聞こえ、こちらに戻ってくる足音がしない。

（はて……）

不審に思って平中は起き上がり、掛け金を掛け忘れたという障子のところまでいってみた。すると、たしかに掛け金はあったが侍従の君がいない。

（うん……これはどうしたものか）

と障子を引いてみると、開《あ》かない。

（やや……ッ）

　ことここにいたって平中は、自分の狙っていた女が障子の向こう側から掛け金を掛けて奥へ逃げ込んでしまったことに気づいた。

（なんて、こった……ッ）

　言いようもなくいまいましく、地団太踏んで泣きわめきたいほどであった。どうしてよいかわからず、障子のそばに立っていると、なんとなく涙がこぼれてきて、それは五月雨《さみだれ》にも劣らないほどである。

　平中は、

（こんなふうに男を部屋にまで入れておきながら騙《だま》すとは、何とも憎い仕打ち、いまいましいことだ。こうと知っていたなら、オレも一緒について行き、掛け金を掛けさせるのだった。オレのことを試そうと思ってしたことに違いない。さぞ、オレを薄ら馬鹿と思ったことだろう）

　そう、思案をめぐらせていると、あの女に逢わなかったよりも、なまじ逢ってその髪などをさぐってしまっただけに恋しさがつのり、かえって怨《うら》めしく口惜《くちお》しく思われて、何ともいいようがない。

そこで平中《へいちゅう》は、

（夜が明けても、この部屋に寝ていてやろう。自分がこうして通《かよ》ってきたと、他人《ひと》に知られるがいい。恥をかかせてやる）

と、激情にかられて強気に思った。けれども夜明けになって人が皆、起き出す物音が聞こえてくると、

（人目もはばからず、女の部屋から出て行くのもどんなものか……）

体裁が悪いと思い直して、結局、夜明け前に部屋を出た。平中は激情がおさまって常識を取り戻したようだ。なぜなら当時、女の家を訪れた男は夜が明ける前に立ち去るのが常識であったからだ。


その後――。

平中は、なんとかしてあの女、侍従《じじゅう》の君《きみ》の厭《いや》な噂を聞いて嫌いになりたいと思った。けれども、いっこうに厭になるような噂が聞こえてこない。

そのため、平中はいっそう恋い焦がれ、もんもんとして日を過ごしていた。

そのうち、

（あの女、いくら魅力的ですぐれていても、筥《はこ》（便器・おまる）にするものは我らと同じもの）

と思いつき、

（ならば、それを目の前にさらけ出してこっそり見てしまえば、げんなりして、きっとあの女に嫌気《いやけ》を起こすに違いない……）

そう、考えた。

そこで平中は、侍従の君の筥を樋清《ひすまし》が洗いに行くのをじっと待って筥を奪い取ることにした。樋清とは、宮中などで便器（おまる）の掃除を職とする身分の低い女のことである。

さっそく平中はさりげないふりをして、侍従の君の局《つぼね》のあたりをうかがっていると――。

（お、あれは……ッ）

なでしこ重ねの薄物（薄く織った絹織物）の着物を着て、濃い紅色の袴《はかま》を無造作に引き上げ、衵《あこめ》の裾《すそ》に三寸ばかり足らないほどに髪を長く垂らした十七、八歳の、姿かたちの可愛らしい女《め》の童《わらわ》が、黄味を帯びた薄紅色の薄物に筥を包み、それを赤い色紙に絵を描いた扇で隠しながら、局《つぼね》から出て行くのを見かけた。

平中《へいちゅう》はとてもうれしくなって、

（よし……ッ）

と、見え隠れに女《め》の童《わらわ》のあとを尾《つ》けていき、人目のないところで走り寄って筥《はこ》を奪い取った。

女の童が泣きながら必死に奪い返そうとする。それを平中は情け容赦なく突き放して走り去り、人気《ひとけ》のない部屋に入って内側から掛け金を掛けた。平中を追ってきた女の童が部屋の外で泣き立てる。それにかまわず包みをほどくと――。

筥には金漆《きんうるし》が塗られていた。その様子や薄物の包みを見ていると、開けるのが、気が引けるほど美しい。並の人の「おまる」とは似ても似つかない美しいつくりなので、開けて中身の排泄物《はいせつぶつ》を見るのが残念で、開けるのが惜しくなり、しばし開けないで見守っていた。

けれども時間が立ってはまずいと思い、おずおずと筥の蓋《ふた》を開けると――。

そのとたん、

（うん……この匂いはッ）

排泄物の臭《にお》いではない。

（はて……）

かぐわしい匂いが立ちのぼった。

丁子《ちょうじ》の香りが強く鼻をついたのだった。平中はわけがわからず、不思議に思って筥の中をのぞいた。

（やや……）

筥の半ばまで薄黄色の水が入っている。また、親指の大きさの黄黒みを帯びた長さ二、三寸（約六～九センチ）ばかりのものが、三切ればかり丸まって沈んでいる。

平中は、

（これは、きっとあれだろう）

と、思った。つまり大便だろうと思ってよく見ていると、なんともいえない香ばしい匂いがする。

（はて、いったいこの匂いは……）

平中は、部屋の中にあった木《こ》っ端《ぱ》で、筥の中のものを突き刺して取り出し、鼻にあててかいでみた。

（やや、こ、これは……ッ）

黒方《くろぼう》の香りであった。黒方とは沈《じん》・丁子《ちょうじ》・白檀《びゃくだん》・麝香《じゃこう》など数種の香を練り合わせてつくった練《ね》り香《こう》である。だから、薄黄色の水の中に入っていれば、大便とみまがうのも無理はなかった。

じつに思いのほかである。

平中《へいちゅう》は、

（あの女、やはり世間一般の、並の女ではなかったのだ……）

そう、思う。そして筥《はこ》を見ているうちに、何とかしてこの女と深い仲になりたいという思いにとり憑《つ》かれ、狂うがごとくになった。

筥を引き寄せて薄黄色の水を少しすすってみると、丁子の香りが深く染み込んでいた。また、木《こ》っ端《ぱ》に刺して取り出したアレの端っこのほうを少しなめてみると、苦くて甘かった。しかも、この上なく香ばしい。

平中という人は頭の回転の速い男なので、すぐにこう合点《がてん》がいった。

（尿《ゆばり》として入れたものは、丁子を煮て、その汁を入れたもの。もう一つの大便らしく入れてあったのは、野老《ところ》＝ヤマイモ科の植物＝と合わせ薫物《たきもの》＝練り香＝とを甘葛《あまずら》＝甘

味料の一種＝に練り合わせて太い筆の軸に入れ、そこから押し出したもの）

そして、

（思うに、これくらいの細工は誰だってするだろう。しかし、これをオレが奪って開けるかもしれないなんて、どうして思いつくのだろうか。あの女は何から何まで大した気の回し方をする。とてもこの世の人間とは思えない。なんとしてでも、この女をものにしたい。どうしたものか……）

などと悩んでいるうち、平中《へいちゅう》は病みついてしまった。そのまま悩み続けて、とうとう死んでしまった。

まったくつまらぬことである。男も女も何と罪深いことだろう。

それだから、女にはむやみに心を深く寄せるものではないと、世間の人は非難したと、語り伝えているとか——。

＊

平 定文《たいらのさだふん》の出自は桓武平氏《かんむへいし》です。桓武天皇により平氏姓を与えられ、臣籍《しんせき》に降下された皇族の子孫です。臣籍とは、皇族以外の臣民（天皇・朝廷に支配される側の人民）の身分のこと。ちなみに清和源氏《せいわげんじ》、村上源氏《むらかみげんじ》なども同じ経緯で臣籍に降下された人たちです。

懸想《けそう》は、思いをかけること、恋い慕うことです。

鳥《とり》の子紙《こがみ》とは、雁皮《がんぴ》（ジンチョウゲ科の落葉低木）・ミツマタを主材料としたもので、鶏卵の殻《から》のような色をしていることからついた名前です。

空薫《そらだき》は、どこからとも知れず匂ってくるように香をたくこと。

下紐《したひも》は、下袴《したばかま》などの紐のこと。平中は、下着姿で掛け金を掛けに立った侍従《じじゅう》の君《きみ》がてっきり自分に身を任せると思い込み、自分も下紐を解いて彼女の戻りを待っていたのでしょう。「下紐を解く」といえば、普通は女が男に身を任せることです。

衵《あこめ》は、女の童《めわらわ》が上衣の下に着る衣服のことです。

金漆《きんうるし》は、きんしつともいい、コシアブラの樹液から精製した黄色の樹脂液《じゅしえき》なので、金色に仕上がります。

丁子《ちょうじ》は、ジンチョウゲ（沈丁花）の俗称です。

3 サディズム趣味の不思議な女盗人（巻第二十九の第三より）

今ではもう昔のことだが——。

いつごろの時代であったろうか。貴族に仕えて雑務に従事する、侍《さむらい》という身分の男がいた。誰とはわからないが、年齢《とし》は三十ばかりで、身《み》の丈《たけ》すらりと高く、少し赤ひげをはやしていた。

ある日の夕暮れ——。

その侍が大路《おおじ》のあたりを通り過ぎたとき、近くの家の半蔀《はじとみ》から、ちゅっちゅっと舌先で音を立てる鼠鳴《ねずなき》をしながら、手招きをする者がいた。

（はて……）

と侍は半蔀に寄っていき、こう声をかけた。

「お呼びでしょうか」

するとと半蔀から、

「申し上げたいことがございます」

と女の声が返ってきた。予想外なことに、

（……ッ）

一瞬、息をこらす侍に、女の声が続けてこういう。

「そこの戸は閉まっているように見えますが、押せば開きます。ですから押し開けてくださいまし」

（なんだって……）

女とは思っていなかったこともあり、

（妙なことがあるものだ……）

と、しばしためらう様子を見せたが、侍は結局、戸を押し開けて中へ入った。

すると女が出迎えて、こういった。

「その戸に、掛け金を掛けておいてください」

いわれるままに侍が掛け金を掛けると、

「さあ、お上がりになって」

というので、上がった。

女は簾《すだれ》の内側に坐っていた。簾越しに顔を合わせるなり、女は侍《さむらい》を簾の中に呼び入れた。

（……ッ）

侍は、女が親しげな態度を示したことに驚いた。なぜなら夫や恋人以外の男と話をする場合、簾越しにするのが普通で、決して簾の中に呼び入れたりしないからだ。

（こ、これは……ひょっとすると）

侍は大いに期待したことだろう。

調度などがほどよく整った部屋の、簾の中で見《まみ》えた女は――。

けがれなく清らかな様子で、年齢《とし》のころは二十歳あまり。容姿の魅力的な女がただ一人で坐っていて、にっこり笑いながらうなずいた。それで侍は、

（やはり……）

と思いながら女のそばに寄っていった。

これほど女に誘いをかけられては、男として何もしないで引き下がるわけにいかない。とうとう二人は臥《ふ》し所《ど》（寝床）に倒れ込んでいた。

ところで、この家には女のほかにには誰一人いないので、

（ここはいったいどういう家なのだろう……）

と侍は怪《あや》しく思っていたのだが、肌を合わせてからは女に心を奪われてしまい、日が暮れるのも知らずに飽きることなく女を抱いていた。

ついに日がとっぷり暮れた。

と、門を叩く音がする。

（はて、誰だろう……）

女のほかには誰もいないので侍が出ていき、門扉《もんぴ》を開けた。

すると侍ふうの男二人と女房《にょうぼう》ふうの女一人が、下衆女《げすおんな》（下女）を連れて入ってきた。入ってくるなり、開けてあった半蔀《はじとみ》を下ろし、灯火《ひ》をともすなどした。そして、とてもうまそうな食べ物をいくつもの銀の食器に盛って、寝床にいる女はもちろん、侍にも食べさせた。

女と肌を合わせていた侍は、ことここにいたっておかしいことに気づき、

（この家に入ってから、俺は戸の掛け金を掛けた。その後、女は、この家に俺がいることを人に教えるようなこともなかったのに、どうやってあいつらは俺がいることを

知り、俺の食べ物まで持って来たのだろう。もしかしたら俺のほかに別の男でもいるのではないか……）

そう思ったけれども、ともかく腹がすいていたので食べ物がほしくて、よく食べた。女も肌を合わせた侍に遠慮する様子もなく、その様子は自然で、夫婦のような顔をしてよく食べた。

食べ終わると、女房《にょうぼう》ふうの女が後片づけなどをすませ、みんな家を出て行った。その後、女は侍《さむらい》に家の戸締まりをさせると、また寝床に入って侍と抱き合った。

夜が明けた。

再び門を叩く音がする。侍が出て行って開けてみると、昨夜の者たちではなく別の者たちであった。家に入ってくるなり半蔀《はじとみ》を開け、あちこち掃除などをしてしばらくいるうち、粥《かゆ》や強飯《こわいい》を寝床に持ってきて、女と侍に朝の食事をさせた。引き続いて昼の食べ物を持ってきて、それらを食べさせると、またみんな立ち去ってしまった。

このようにして二、三日過ごすと――。

ふいに女が、

「どこか、行かねばならぬところがおありですか」

と侍に訊《たず》ねた。

（む……）

一瞬、侍はことばにつまるが、

「ちょっと知人のところへ行って、話さなければならない用事が、あることはあります」

そう、答えた。

すると女は、

「それならば、すぐ行っておいでなさい」

といった。

しばらくすると、水干装束《すいかんしょうぞく》（狩衣《かりぎぬ》を簡略化した庶民のふだん着）を着た走り使いの下男三人ばかりが、見栄えの悪くない鞍《くら》を置いた上等の馬と、舎人《とねり》（馬丁）を従えて現われた。

それから女は、二人がいた部屋の背後にある壺屋《つぼや》（納戸《なんど》）めいた部屋からまずまずと思える装束を取り出してくると、侍に着せた。

こうして身なりを調《ととの》えた侍《さむらい》は馬に乗り、従者《ずさ》たちを従えて出かけて行ったが、従者たちはすこぶる気が利いて、この上なく役に立つ。

さて、用事を終えて帰ってくると、女が指図したわけでもないのに、馬も従者もどこかへ立ち去ってしまった。食べ物なども、女が何も指図しないのにどこからともなく同じように用意された。

このようにして何一つ不自由なく二十日ばかりがたったころ、女は侍にこういった。

「思いもかけず、こうやって二人で暮らすことになったのも、行きずりのはかないご縁《えん》のようでございますが、こうなるような巡《めぐ》り合《あ》わせがあって、このようになったのでしょう。ですから、生きるも死ぬも、わたくしが申し上げることは、よもや嫌だとはおっしゃらないでしょうね」

これを聞いて男はすかさず、

「おっしゃる通り。まったく今は生かすも殺すも、あなたのお心しだいですよ」

そう、答えた。

すると女は、

「本当にうれしいお心ですこと」

といい、侍と一緒に食事などをした。いつものことで家には昼間、二人のほかに誰一人いない。この日、女は食事を終えると、「いざ」といって侍を奥の別棟の部屋に連れて行った。

（はて……）

と思う間もなく、女は部屋に入るなり侍の頭髪に縄を結びつけて、柱に縛りつけた。それから侍を幡物《はたもの》という磔《はりつけ》の台木《だいぎ》（拷問の道具）にくくりつけた。そして背中を荒々しくつかんで衣服を剥《は》いで裸にし、足をエビのように曲げさせて、しっかり台木に固定した。

それから女は――。

男装を始めた。烏帽子《えぼし》をかぶり、水干袴《すいかんばかま》を着た。烏帽子は元服した男子の用いる袋状の冠物《かぶりもの》、水干袴は糊《のり》を用いず水張りにして干した布でつくった袴《はかま》である。

こうして男装を終えた女はやおら肩脱ぎをし、手に鞭《むち》を持った。そして侍の剥《む》き出《だ》しの背中を、あきらかに八十回鞭打ちをしてから、

「どう、痛くない」

とやさしく侍に訊《たず》ねた。

侍《さむらい》は、背中に負った鞭《むち》による傷にもかかわらず、

「たいしたことはない」

と答えた。

すると女は、

「思ったとおり、頼もしい方ね」

と褒《ほ》めて縄を解いた。そして竈《かまど》の土を湯に溶いたものを飲ませ、また上等の酢《す》も飲ませた。竈の土には多年の火気が重なってできる赤色の石（中は黄色）が含まれている。これは伏竜肝《ぶくりゅうかん》といい、止血薬とされている。また、酢は体を柔軟にする。つまり女は侍の傷の手当を施したのである。

それから女は侍についた土を払い落としてやり、土間をきれいに掃《は》いて、そこに侍を寝かせた。

二時間ほどしてから侍を引き起こし、侍の体が回復すると、いつもよりも滋養のある食べ物を持ってきて侍にすすめた。

こうしてよくよく侍を介抱して三日ほどたち、杖目《つえめ》（鞭による傷）が癒《い》えたころ、女はまた別棟の部屋に侍を連れて行った。同じように幡物《はたもの》という磔《はりつけ》の台木《だいぎ》に固定し、

鞭《むち》を前の傷跡にあてた。そのため傷跡がくずれ、血が走る。けれども容赦なく八十回鞭をあてた。その上で、女はまた、侍《さむらい》に訊《たず》ねた。

「どう、我慢できるかしら」

侍は少しも表情を変えずにこう答えた。

「我慢できるさ」

すると女は前回よりも侍を褒《ほ》めそやし、よく世話をして、また四、五日ほどたったころ、またまた同じことを繰り返した。このときもまた、侍は「我慢できるさ」と答えた。

ならばと、女は侍を引っくり返し、その腹を鞭打った。それでも侍は、「平気だ」というので、女はこの上もなく侍を褒めそやし、それから数日というもの十分にいたわった。

杖目《つえめ》（鞭による傷）がほぼ癒《い》えたある日の夕暮れ――。

女は、黒い水干袴《すいかんばかま》と立派な弓・胡簶《やなぐい》（矢を入れて背負う道具）、脛巾《はばき》（脛《すね》当て）・藁《わら》沓《ぐつ》（藁でつくった草履《ぞうり》）などを取り出してくると、侍に身支度を整えさせた。そして侍に教えるようにこういった。

「ここから蓼中《たでなか》（所在地未詳）の御門《みかど》に行き、人目につかないようにして弦打《つるうち》（弓の弦を弾いて鳴らすこと）をしてごらんなさい。するとそれに答えて、同じように弦打をする者がいるはずです。それから口笛を吹くと、また口笛を吹く者がいるでしょう。そこに歩み寄れば、『誰だ』と尋ねるでしょうから、『来ております』とだけ答えなさい。それから、その男の行くところへついて行き、男のいうことに従い、立ち番を命じられたところに立って、人などが出てきて邪魔をしたら防ぎなさい。それから船岡《ふなおか》山《やま》（京都市北区紫野《むらさきの》）の麓《ふもと》に行って、その日の獲物《えもの》（品物）を分配するはずです。けれども与えられる物を決して受け取ってはなりません」

　侍が教えられたままに出かけて行って行動すると、いわれたように呼び寄せられた。見ると、同じような格好の者たち二十人ほどが立っている。その一団から離れたところに、色の白い小柄な男が立っていた。その男に、一同は服従している様子である。そのほかに下衆《げす》（身分の低い者＝手下）二、三十人ほどがいた。

　その場で手はずが指図されると、連れ立って京の町に這入《はい》った。そして、構えの大きい家に押し込もうと、二十人ほどをあちこちの、厄介《やっかい》そうな家々——押し込み先の家の加勢をしそうな家々——の門には二、三人ずつ見張りを立てた。その一人に侍《さむらい》は加えられた。

押し込みが始まると、それに気づいた厄介そうな家から人が出て来ようとした。侍はそれを防ごうと矢を射って戦い、射倒した。あちこちに配備された味方の動きも、すべてよく見ていた。劣勢なら助太刀するためである。

さて、押し込み先の家から物を盗り終えると、一同はみな船岡山《ふなおかやま》の麓《ふもと》に集まった。そこでおのおのに盗品の分配が始まった。

侍にも配られた。

(むむ……)

侍はためらう様子を見せてから、

「獲物《えもの》はいりません」

といった。続けて、

「わたしはただ、このような仕事に慣れようと思ってやって参りました」

そういい、分け前を受け取らなかった。

このやりとりを、離れて立って見ていた首領とおぼしき小柄な色白の男は、「よし」とうなずき顔でいる様子であった。

こうして分配が終わると、それぞれ思い思いに船岡山から立ち去った。

侍が女の家へ帰ってくると、湯が沸かされ、食べ物などが用意されていた。侍はゆっくり入浴や食事などをし終えると、女と寝床に入って互いをむさぼり合った。

侍は、もうこの女が愛《いと》おしく離れがたく思っていたので、押し込みという盗人の仕事を嫌だと思う気持ちもなかった。

侍は、このような盗人仕事をすること七、八回におよんだ。あるときには、打物《うちもの》(太刀《たち》)を持って目当ての家に押し入った。またあるときには弓矢を持って外にも立って見張りをした。それらの役目をみな、見事にこなした。

こうしているうちに、あるとき女は鍵を一つ取り出して侍にこう命じた。

「これを六角小路《ろつかくこうじ》よりは北、これこれというところに持って行き、そこにあるいくつかの蔵《くら》の、これこれのほうの蔵を開けて、これはと目についた品物を手下どもにしっかり荷づくりさせなさい。そのあたりには車借《くるまかし》という者がたくさんいますので、これを呼ばせて、この車に積んで持って来なさい」

侍《さむらい》が教えられたとおりに出かけて行ってみると、本当に蔵《くら》がいくつもあった。その中の教えられた蔵を、持って来た鍵で開けてみると、

（なんと……ッ）

自分の欲しい物すべてがしまわれてあった。

（不思議なことだ……）

と思いながら、女に命じられたとおり、目についた品物を車借《くるまかし》の牛車《ぎっしゃ》に積んで持って帰ってくると、好きなように取り出しては使っていた。

そのようにして女と暮らしているうち、一、二年が過ぎた。女は侍の妻のようになっていた。

ところが、女はあるときから心細げにいつも泣くようになった。

侍は、

（はて……）

今まではこういうことはなかったのに……おかしいぞ、変だ――。

そう思い、

「どうかしたのですか」

と女に訊《たず》ねた。

するとはこういう。

「何でもありません。ただ、心ならずもお別れすることがあろうかと思うと、悲しくてしかたがないのです……」

（なんだってッ。こんな深い仲になっているのに、別れるだなんて……）

動揺した侍は、

「どうして、今さらそのようにお思いになるのですか」

と問いただした。

女は呟《つぶや》くようにこういう。

「このはかない世の中では、そういうことがあるものですよ」

これを聞いた侍は、女が深い意味もなく、ただそんなことを口にしただけだろうと思い、

「ちょっと、用事があって出かけたい」

というと、女はこれまでどおり侍《さむらい》の出かける支度を整え、供の者たちや馬などもいつものように用意して、侍を送り出した。

行った先で、二、三日滞在する用があったので、その晩は供の者も馬も、旅先にみんなして泊まった。

けれども次の日の夕暮れ、供の者たちはそのあたりに外出するようなふりをして馬を引き出すと、そのまま姿を消してしまった。

（明日は帰ろうと思っていたのに、これはどういうことか……）

と思い、探し回ったけれども、どうにも行方《ゆくえ》が知れなかった。

不審に思った侍は、人に馬を借りていそいで女の家に帰ってみると――。

（むむ……ッ）

あるべきはずの家、女と暮らした家が跡形もなく消え去っていた。

（こ、これは、いったいどうしたことだ……）

と驚き、あっけにとられる思いだった。蔵《くら》のあった場所にも行ってみたが、これも消えていた。訊《たず》ねる人もいないので、どうしようもない。

このとき侍は、

（なるほど……）

と、女が泣きながらいった嘆《なげ》きの言葉を思い出した。

さて、今さらどうする術《すべ》もないと思い、以前から知り合いだった人を頼って、そこで暮らしていたが、やりなれていた盗人仕事を今度は自分でやり出し、もう二、三回にもなった。

そのうち侍は検非違使《けびいし》に捕らえられ、問いただされると、女と暮らしたことをありのままに洗いざらい話したのだった。


これは、じつに驚くべき出来事である。女は人間ではなく妖怪変化《へんげ》の類《たぐい》だったのだろうか。一日か二日のうちに、家も蔵も跡形なく壊し、消滅させてしまったのはなんとも不思議なことだ。

また、女はたくさんの財物・盗人たちを引き連れて姿を消してしまったが、その後、なんの噂も立たずじまいに終わったのも意外で、驚いたことである。

さらに、女は家にいたままで命令したこともないのに、自分の思うように従者《ずさ》たちが時間を間違えずにやってきて働いたのも、この上なく奇怪なことである。

侍《さむらい》は、あの家で二、三年、女と一緒に暮らしていたのに、「そうだったのか」と事情を納得することもないまま終わってしまった。また、盗人をしていたあいだも、参集する者たちがどこの誰かということを知らないままで終わってしまった。

ところが、ただ一度、盗人の一団と行き合った場所で、少し離れて立っていた小柄な者にほかの者たちが敬意を払っている様子を松明《たいまつ》の火影で見たとき、その者の肌の色が男のものとは思えないほどたいそう白くてきれいだったが、その横から見た頬《ほお》の具合、顔全体の印象が自分の女（妻）に似ているなあと見えたことだけが、「そうではないか」と思われたことであった。けれどもそのことも確かではないので、不審なままで終わった。

これは世にも不思議な出来事なので、このように語り伝えているとか――。

＊

侍は、そばに仕えるという意味の動詞「さぶらう」が名詞化して「さぶらい」となり、それが転じて「さむらい」になったといわれます。平安時代、貴族に仕え、身辺の警護にあたった人々の総称です。

半蔀《はじとみ》は、蔀戸《しとみど》を上下二枚に分け、上半分を外側へ吊り上げるようにしたもので、日光や風雨をさえぎるための戸。民家では道路に面してこの戸があるのが普通でした。

鼠鳴《ねずなき》は、鼠《ねずみ》の鳴きまねをすることですが、当時、女のもとに忍んできた男などが出していました。ですから、その正体が女とわかって、驚いたことでしょう。

舎人《とねり》は、天皇・皇族などのそば近くに仕え、雑務や警護をする近衛府《このえふ》に属する下級の官人ですが、貴族もかかえることを許されました。よって貴人に従う身分の低い者のこともいい、牛車《ぎっしゃ》の牛飼いや馬の口取り（馬引き）をする者などもさします。ここでは馬丁《ばてい》、馬の口取りをする人のことです。

壺屋《つぼや》は、壁で仕切られた部屋のことで、納戸《なんど》や個室などに用いられます。

肩脱ぎは、腰から上の部分を脱ぐこと。また、上衣の右袖あるいは左袖を脱ぐこと。

船岡山《ふなおかやま》（京都市北区紫野《むらさきの》）は、平安時代には貴族の行楽地でした。正月の初子《ね》の日《ひ》に登ると、陰陽《いんよう》の精気を得て、煩悩《ぼんのう》を除くとされていました。

車借《くるまかし》は、牛車で荷物を運ぶ、いわば運送業者のことです。

検非違使《けびいし》は、京都の治安維持や衛生などの民政を担当した役所で、現代の警察と検察をかねていました。

4 死人の捨て場所「羅生門《らしょうもん》」の老婆（巻第二十九の第十八より）

今ではもう昔のことだが――。

盗みをするために、摂津国《つのくに》（大阪府北西部と兵庫県南東部）あたりから京に上《のぼ》った男がいた。

その日はまだ明るかったので、男は朱雀大路《すざくおおじ》南端の巨大な門、羅城門《らじょうもん》（平安京の正門＝羅生門《らしょうもん》）の下に隠れるようにして立っていた。都の大通りである北の朱雀大路のほうに頻繁に人の往来があるので、人通りがとだえるまで待とうと思い、じっと羅生門の下で様子をうかがっていた。

すると今度は、南の山城《やましろ》（京都府南部）のほうからたくさんの人たちがやってくる足音がする。

それで男は、

（見られたらまずい……）

そう思い、羅生門の上層《うわこし》（二階）にそっとよじのぼった。上層には、何にも使用されていない暗黒の空間がある。

見ると、

（おや……）

その暗黒の中に、ほのかに火が灯《とも》っている。

不審に思って連子窓《れんじまど》（細い格子《こうし》をつけた窓）から中を覗《のぞ》くと、若い女の死体が横たわっていた。その死体の枕もとに、かなり年のいった白髪の老婆が火を灯し坐っている。しかも、老婆はその死体の髪をむしるように引き抜いていた。

これを見た男は、

（なんてことを……ッ）

と合点《がてん》がいかず、

（これはもしや、鬼の仕業《しわざ》ではないか）

と思い、怖《お》じ気《け》づいた。

けれども男はもともと度胸があるので、

（もしかしたらあの老婆は生き返った死人かもしれない……威《おど》してみよう）

そう思って、そっと戸を開け、刀を引き抜いて「きさまは、きさまッ」と叫びながら老婆に走り寄った。

（へ……ッ）

と老婆は、一瞬、驚きあわてて逃げ出そうとしたが、手をすり合わせて男を拝《おが》み出した。それで男は声高《こわだか》に、

「これはまあ、どこぞの婆《ばば》あが、何をしているんだッ」

と、問いただした。

すると老婆は恐る恐るこういった。

「わたくしめの女主人《おんなあるじ》でありました人が死んでしまいましたが、死体を始末してくれる人がいないので、こうしてここに置かせていただきました。その御髪《おぐし》が身丈《みたけ》にあまって長いので、抜き取って鬘《かずら》（毛髪の不足を補う添え毛）に売ろうと、抜き取っているのです。どうか、命ばかりはお助けを……」

これを聞いた男は、

（そうだったのか。こいつは、鬼でも、まして死人が生き返ったのでもない。ただの老婆……）

そう思案したのだろう。男は横たわっている若い女の死体が身に着けている衣《きぬ》（着物）と老婆の着ている衣、それに老婆が抜き取った死体の髪の毛を奪い取ると、羅生門の上層《うわこし》から下りて逃げ去った。

ところで、羅生門の上層にはいつも死人の骸骨《がいこつ》が多くころがっていた。死人の弔《とむら》いなどができないと、羅生門の上層に放置しておいたのだ。

この出来事は、盗人の男が他人に語ったのを聞き継いで、このように語り伝えているとか——。

＊

羅生門《らしょうもん》の上層《うわこし》（二階）には、毘沙門天《びしゃもんてん》の像が安置されていましたが、普段は何にも使用されない暗黒の空間でした。ちなみに羅生門の構造は二重閣の瓦屋《かわらや》づくり、屋上に鴟尾《しび》（魚の尾をかたどった飾り瓦）を上げ、南北に各五階の石階があったそうです。門跡は京都市南区にあります。

死人の骸骨ですが、当時、一般庶民は火葬して弔うということを、まずしていません。捨てておく場所がいくつかあったようです。

5　乞《こ》食《じき》から操《みさお》を守る子連れの母親

（巻第二十九の第二十九より）

今ではもう昔のことだが――。

どこぞの国のどこぞの郡《こおり》にある山を、乞匃《こつがい》（乞食《こじき》）が二人、連れ立って歩いていた。その乞匃の先を、子を背負った若い女が行く。女は、すぐ後ろに乞匃たちが追いついて来る気配がしたので、山道《さんどう》の傍《かたわ》らに寄ってやり過ごそうとした。

けれども乞匃たちは女を追い越さずに立ち止まって、

「いいから、早く先に行け」

といい、先立たなかった。それで仕方なく女は引き続き乞匃たちの前を歩くこととなった。

しばらく行くと、乞匃の一人が急に女に走り寄って女を捕まえた。

（ひ……ッ）

女は仰天するが、ほかに人もいない山中なので抵抗のしようもない。

女が、

「どうしようというのですかッ」

というと、乞匃《こつがい》は、

「さあ、あそこへ行け。話がある」

そういって、しゃにむに女を山中に引っ張り込んだ。このとき、もう一人の乞匃は

そばで見張りに立っている。

女は自分を山中に引っ張り込んだ乞匃に、

「そんなに乱暴をしないでくださいな。いうことを聞きますから」

そういうと、乞匃はにやっとした様子で手をゆるめ、

「よしよし。それでは、さあ」

と、女をせきたてる。

女はとっさにこういった。

「いくら山の中でも、こんなところで人に肌を許せましょうか。せめて周りを柴《しば》（雑

木の小枝）などで囲ってくださいな」

するとと乞匃は、

「それもそうだ」

と、さっそく木の枝の伐《き》り下ろしをしだした。

それでもう一人の乞匃は、女が逃げるかもしれないと、女の正面に立った。

女はその乞匃にこういった。

「いくらなんでも、逃げやしません。ただ、わたくしは今朝からお腹をすっかりこわしているので、あそこに行って用を足して来ようと思うので、しばらく許してくださいな」

けれどもその乞匃は決して許さないという。

「では……この子を人質に置いておきましょう。この子は」

自分の身より大事に思っている子どもなのです。世間の人々が、身分の上下に関係なく、子どもを可愛く思うのはみな同じです。ですから、この子を棄《す》てては逃げませんーー。

そう女はいい、さらにこういった。

「お腹をこわしているので、さっきもあそこで用足しをしようと思って立ち止まり、お先にどうぞと申したのです」

これを聞いて乞匃《こつがい》は、

（そうだったのか……）

と、納得がいったようである。女から子を抱き取ると、

（この女、いくらなんでも、まさか子を棄《す》てて逃げはしまい）

そう思いながら、

「それでは早く行って来いッ」

といった。そこで女はすぐさま乞匃から離れて遠くへ行き、用を足しているように見せかけながら、

（このまま、子どもにかまわず逃げよう）

と思って走り出し、走りに走ってようやく山道《さんどう》に出た。

そのときちょうど、弓矢を背負って馬に乗った武者たち四、五人の一団と行き合った。

（やや……）

武者たちは息も絶え絶えにぜいぜいいいながら走って来る女を見て、

「そこの女、なぜそんなに走っているのだ」

と、気づかうように訊《たず》ねた。それで女はことの次第を告げた。

すると武者たちは、「よし、どこにいる」といい、女の教えたとおりに馬を走らせ、勢いよく山の中に入ってみると――。

（むむ……なんてことだ）

柴などで囲われたそこに、二つ三つに引き裂かれた子どもが放り出されていて、乞匂はすでに逃げたあとだった。だから、武者たちの努力は無駄に終わってしまった。

この武者たちは、「子は可愛いけれども乞匂に肌を許すわけにはいかない」と、女が子を棄てて逃げたことを褒《ほ》めたたえ、感心した。

それだから、下衆《げす》（身分の低い者）の中にもこのように恥を知る者がいると、語り伝えているとか――。

＊

どこぞは、原典で国と郡《こおり》の名が欠字のためです。

郡《こおり》は、郡《ぐん》の古い呼び方です。律令制《りつりょうせい》のもと、国の下に置かれた地方行政単位です。

郡の下に郷（里）がありました。

6　夫の目の前で犯される妻（巻第二十九の第二十三より）

今ではもう昔のことだが——。

京に住んでいる男がいた。その妻は丹波国《たんばのくに》（京都府中部と兵庫県中東部）の生まれであったので、あるとき男は妻を連れて丹波へ行くこととなった。

男は妻を馬に乗せて、自分は矢を十本ほどさした竹製の箙《えびら》を背負い、弓を持って後ろからついて行った。

そのうち大江山《おおえやま》のあたりで、腰に太刀《たち》だけを帯《お》びた、とても強そうな若い男と道連れになった。それで連れ立って歩きながら世間話などをし、どちらへ行くのかなどと親しく話しているうち、若い男が、

「わたしが腰に下げているこの太刀は、陸奥国《みちのくのくに》から伝えられた有名な太刀ですよ。見られるがいい」

といって、刀身を抜いて見せた。

（ほお……ッ）

それは本当にすばらしい太刀である。この太刀を見て、妻連れの男はこの上なく欲しくなった。

そんな様子を見てとって、若い男はこういう。

「この太刀、御必要ならば、あなたの持っている弓と交換しましょうか」

（むむ……）

妻連れの男は、

（自分の持っている弓はそれほどすぐれているものではない。しかし、あの太刀は本当に価値がある……）

そう、思案をめぐらす。太刀が欲しかった上、交換すればとても得をすることになる。そう考えて、ためらわずに交換した。

こうして若い男は弓を持ち、妻連れの男は太刀を持って、大江山を行くうち――。

若い男がこういった。

「わたしが弓だけ持っているのは、傍目《はため》にもおかしいでしょう。ですから、この山を行く間、その矢を二本、貸してほしい。あなたにとってもこうして連れ立って行くのだから、同じことではないですか」

これを聞いた妻連れの男は、

（なるほど……）

それもそうだと思った。その上、すばらしい太刀《たち》とそれより劣っている弓とを交換したうれしさもあって、若い男のいうままに竹製の箙《えびら》から矢を二本抜き出して与えた。

そういうわけで、妻連れの男は竹製の箙を背負い、太刀を腰につけて大江山《おおえやま》を行くことになった。そのあとを、弓と二本の矢を手にした若い男がついて行く。

やがて昼飯を食べようということになった。それで、山道《さんどう》から雑木や雑草の密生した藪《やぶ》の中へ入ったところ、若い男がこういった。

「人目に近いところではみっともないですよ。もう少し奥へ入りましょう」

それもそうだと、もっと奥に入った。

そうして、妻を馬から抱き下ろすなどしていると――。

突然、若い男が弓に矢をつがい、妻連れの男に狙いを定めてきりりと引きしぼった。

それを見て仰天する妻連れの男に、若い男はこういった。

「おまえ、身動きしたら射殺《いころ》すぞッ」

（……ッ）

妻連れの男はこんなことになるなんてまったく思いも寄らなかったので、どうしてよいかわからず、呆然と立ち尽くしている。

するとと若い男は、

「もっと奥へ入れ、入るんだッ」

そういって、弓矢で妻連れの男をおどした。

妻連れの男は命が惜しいので、妻と一緒にその場から七、八町ほど奥へ入った。もう声を出しても、山道を行く旅人には届きそうにない山奥である。すると、あとからついてきた若い男は、

「止まれッ」

と制し、こう命じた。

「太刀と脇差《わきさし》を投げ出せッ」

いわれるままに妻連れの男は太刀と脇差を投げ出した。それを奪い取ると、若い男は妻連れの男の腕などをつかんで押し倒した。そして馬の口につけて引く指縄《さしなわ》で、妻連れの男を木に縛りつけた。

それから若い男は、妻のほうに寄って行った——。

その妻は、年のころ二十歳あまりの女だった。下衆《げす》(身分の低い者)ではあるが顔かたちがやさしく魅力的で、とても清楚で美しい。

この女を見て若い男は心を奪われ、無我夢中で女の衣《きぬ》(着物)を解こうとする。女は拒むことができない状況なので、いわれるままにみずから衣を解いた。

若い女の肉づきのいい白い肢体が顕《あら》われる。むっちりした胸元の肌が汗ばんで木漏《こも》れ日《び》に輝いている。

(むむ……)

若い男は思わず身震いした。がまんならず、みずからも着物を脱ぎ捨てるや女を押し倒した。

(あ……ッ)

と、女が声をあげる間もなく若い男は女の上に倒れ込んだ。

女は夫を頼りにできないので夫の目の前で若い男に肌を許した。

若い男はほしいままの行為をくり返す。

その荒々しい男の動きに耐えているうち女は、

（あ、ああ……ッ）

そんな低声《こごえ》を出しはじめた。その女を、若い男はくり返し、どのようにでも自分の思いどおりにした――。

夫が見ているのに、若い男の思いどおりに動く女はどんな思いをしていたのだろう。

その後、若い男は起き上がってもとのように衣を身に着けた。女は衣を胸に抱きしめながら、若い男をぼんやり見上げている。そんな女を、若い男は満足げに見てから、竹製の箙《えびら》を背負い、太刀《たち》を腰に着け、弓を持って馬に這《は》い上《あ》がった。そして女を見下ろして、

「女、気の毒とは思うが、ほかに仕方がないので行くぞ。それから、おまえに免じて、その男は殺さずにおく。馬は、早く逃げるために乗って行く」

そういい、全速力で馬を走らせた。どこに行ったのかはわからない。

その後、木に縛りつけられていた夫は妻に縄を解かれたが、我を忘れた顔つきをしている。それで妻は夫をこうののしった。

「あなたは頼りにならない。これでは、これから先が思いやられる。決してろくなことはないでしょう」

そういわれた夫はまったく文句をいう余地がなく、そこからは妻に従って丹波に行った。

女を寝取った若い男はなかなか見上げたものだ。女の着物を奪い取らなかったからだ。

女の夫はじつに情けない。山の中でちらっとでも見たことのない、知らない若い男に弓矢を与えるとはまったく愚かなことである。その若い男が何者であるかは、とうとうわからずじまいだったと、語り伝えているとか――。

＊

箙《えびら》は、矢を入れて身に帯《お》びる道具のこと。

大江山《おおえやま》は、京都府北部、丹後《たんご》と丹波《たんば》との境にある山。山中に洞窟があり酒呑童子《しゅてんどうじ》が住んだと伝えられる山です。

陸奥国《みちのくのくに》（青森・岩手・宮城・福島の四県と秋田県の一部）は、すぐれた鉄の産地でした。

七、八町は、約七五六～八六四メートルぐらいです。一町は約一〇八メートル。

四章 この時代の【男と女】の話

1 伯父《おじ》さんの美人妻を寝取る甥《おい》っ子（巻第二十二の第八より）

今ではもう昔のことだが――。

本院の左大臣という人がいた。その名を、時平《ときひら》といった。

時平は昭宣公《しょうせんこう》という諡号《しごう》を贈られた関白《かんぱく》・太政大臣《だいじょうだいじん》（藤原基経《ふじわらのもとつね》）の子息で、御所《ごしょ》の中御門北《なかみかどきた》、堀川東にあった邸宅に住んでいた。年齢《とし》は三十ぐらいで美しい容姿をしていて、この上なく魅力的である。

それゆえ時平は天皇（第六十代醍醐天皇《だいごてんのう》）にも立派な人物だと思われていた。

その醍醐天皇の時代――。

左大臣・時平が内裏《だいり》に参上して殿上の間《てんじょうのま》に昇ったさい、その装束《しょうぞく》は禁制を破った豪華なもので、ことのほか美麗なものであった。

その姿を、小櫛《おぐし》から見た天皇は、

（むむ、あれは……）

禁制を破っていると、気分を非常に悪くし、すぐさま識事《しきじ》を呼んでこう命じた。

「近ごろ、世の中では度を超えた贅沢・華美の禁制が厳しいおり、左大臣、それも首席の大臣でありながら、ことのほか美麗の装束で参ったのはよくないことだ。すぐさま退出するよう、しっかり申しつけよ」

この言葉を承《うけたまわ》った識事は、相手は今をときめく藤原家であるので、とても不安に思いながら、その旨《むね》を左大臣・時平に伝えた。

すると左大臣・時平は非常に驚きかしこまり、急いで殿上の間から退出した。警護の随身《ずいじん》や雑色《ぞうしき》たちが先払いの声を上げると、それを制止して内裏から出て行った。

（はて……）

騎馬の先導役の者たちも、時平が先払いの声を制止して、なぜ内裏からすぐに出てきたのかわからないので、不審に思った。

その後、時平は一月《ひとつき》ばかり自邸の門扉《もんぴ》を閉じて、御簾《みす》の外にも出なかった。人がやって来ても、「天皇のお咎《とが》めが重いので」といって、会わなかった。

その後、しばらくすると、時平は内裏に召され、参上した。

（はて、お咎めは重かったはずなのに、もう……）

と、いぶかしむ人も少なくなかったはずだ。

じつはこれ、天皇とよく示し合わせて、ほかの人たち（公達《きんだち》）を戒《いまし》めるがために仕組まれたことであった。


この左大臣・時平《ときひら》は、好色に見えるのがいささか欠点であった。

この時平の伯父《おじ》で、当時、国経《くにつね》の大納言《だいなごん》という人がいた。その北の方（正妻）は、在原《ありわら》の何とかという人の娘であった。

国経の大納言は八十に届く年齢《とし》で、北の方は二十歳を超えたぐらいの娘である。

この北の方は容姿端麗で、その上、色気の多い女《ひと》だったので、常々年齢のいった老人と連れ添っていることをひどく不満に思っていた。

大納言の甥《おい》っ子にあたる時平は好色めいた男《ひと》だったので、伯父の妻がうるわしくあでやかな女《ひと》だという噂を聞くと、

（むむ……）

ぜひ、見てみたいものだという気持ちになった。

けれども逢う口実もなく、そのまま時が過ぎていた。

そのころの好《す》き者《もの》（好色な人）に、兵衛府《ひょうえふ》の佐《すけ》（次官）で、平定文《たいらのさだふん》（さだふみとも）という男がいた。

この定文は、祖父が桓武《かんむ》天皇の孫に当たるので、家柄の賤《いや》しくない男である。通称を「平中《へいちゅう》（へいじゅうとも）」といった。当時、世間で定評のある色好みの男で、人妻・娘・宮仕えの女など、関係を持たない女はまれであった。

平中は、いつも左大臣・時平の屋敷に遊びに来ていた。

あるとき時平は、

（もしかしたら、平中はすでに伯父の妻と関係を持ったのではないか……）

と、思った。

それで、冬の月の明るい夜、いつものように平中が屋敷にやって来たとき――。

いろいろと世間話をしているうちに、夜が深くなった。

時平は、面白いことなどを話して聞かせたついでのように、こう切り出した。

「わたしがいうことを本気だと思うなら、決して隠さずに話してほしい。近ごろ、女で心惹《こころひ》かれるのは誰かいるか」

するとと平中は、

「大臣の御前《ごぜん》にて申し上げるのは、たいへん申し上げにくいことではありますが」

決して隠さずに申せとおっしゃいましたので、申し上げます。藤大納言《とうだいなごん》（国経大納言《くにつねだいなごん》）の北の方こそ、じつに世間に類のない心惹《こころひ》かれる女でございます——。

と、答えた。

（うむ……やはりそうか）

そんな思いの時平《ときひら》は、

「ほう。それで北の方とは、どうやって逢ったのだ」

と、聞いた。すると、平中《へいちゅう》はこう答えた。

「大納言邸に仕えている知り合いの女が、こう申したのです。北の方は年老いた男《ひと》に連れ添ったので、いつも非常に情けなく不満に思っている、と。それを聞いたので、その女に無理やり頼み込んで、お逢いしたいと伝言《ことづけ》してもらったところ、思いがけず、わたしのことを憎からずお思いになっていると聞き、それで人目を避けて忍んで行ったのでございますが、すっかり慣れ親しんだというわけでもありません」

これを聞いた時平は、こういって笑った。

「たいへんけしからんふるまいをしたものだなあ」

　さて、時平の心の中で、なんとかしてこの女《ひと》を自分のものにしたいと思う気持ちが深くなった。それで時平はその後、大納言である伯父《おじ》にことあるごとに贈り物をしたりして敬意を払った。

　時平は甥っ子とはいえ、伯父より格上の左大臣であり、それこそ今、飛ぶ鳥を落とす勢いの政界の第一人者である。その甥っ子が、目下《めした》の伯父に敬意を払ったのである。それゆえ伯父は感心し、また身に過ぎてもったいないことだと喜んだ。

　伯父は甥っ子の時平が自分の妻を寝取ろうとしているなど知らない。それを、時平は心の中で滑稽なことだと思っていた。


　やがて正月がやってきた。

　すると時平は、これまではそんなことはなかったのに、

「正月の三箇日《さんがにち》のあいだに大納言邸に参る」

という使いを遣《や》った。

　政界の第一人者が目下の大納言邸へ年賀に来るというので、伯父の大納言は畏《おそ》れ多

いことだと自邸をせっせと磨き、接待の準備をすすめた。

左大臣・時平《ときひら》は正月の三日、適当な従者《ずさ》、上達部《かんだちめ》・殿上人《てんじょうびと》といったお供を数人引き連れて大納言邸へやってきた。

（おおッ……）

大納言はあわてふためき、この上なく喜んだ。前もって饗応《きょうおう》などの準備をしたのはまことに適切なことだと思われる。

時平の一行は、申《さる》から酉《とり》に近いころ（午後五時前後）に来訪し、土づくりの杯《さかずき》などでたびたび杯《はい》をかさねるうちに日も暮れてしまった。歌を詠《うた》って遊んでいると、興趣がつきない。

その人々の中でも時平は、その容姿からはじまって歌を詠う様子までが、世間に類がないほどのすばらしさであったので、多くの人が目をとめて誉《ほ》めあげた。

その時平を、北の方は簾《すだれ》ごしだが間近に見ていると――。

その容姿・その声・その雰囲気、薫《た》きしめている香《こう》の匂いなどをはじめとして万事、世間に類のない時平のすばらしさを知るにつけ、年老いた男《ひと》の妻になっているわが身の宿世《すくせ》（運命）がよくよくいやになった。

そして、

（いったいどんな女《ひと》が、こんなすばらしい男《ひと》に連れ添っているのだろう。自分は年老いて新鮮さのない男（国経《くにつね》）に連れ添っているが、何かにつけて不快でうっとうしく思われるのに……この大臣をお目にするに、ますます心のやり場もなく、つらくなる。大臣は歌を詠って遊んでいても、常にこの簾のほうを流し目で見ている。その目つきなど、見ているこちらのほうが恥ずかしくなるほどすばらしいことといったら、なんともいいようがない。簾ごしに透けて見える大臣を見ていても、たまらない気持ちになる。微笑んでこちらを見やるが、どのように思われているのか……）

と、気恥ずかしくなった。

そうこうしているうちに夜もだんだん更けて、皆はすっかり酔っぱらってしまった。それで誰も彼も着物の紐《ひも》をほどいてくつろぎ、片肌《かたはだ》脱いで舞い、この上なく遊び興じた。一行がそろそろ帰ろうとすると、酔っぱらっていた大納言が時平にこういった。

「左大臣はひどくお酔いになっている。御車《みくるま》をここに寄せて差し上げましょう」

これを聞いた時平は、

「いや、それは困る。そんなことをしていただくわけにはまいりません。すっかり酔ったので、このままこの邸宅で休ませていただき、酔いが醒《さ》めてから出て行きます」といった。

引き連れてきた従者《ずさ》たちは、牛車《ぎっしゃ》をこちらに寄せるのがよろしいと、大納言に同調した。それで邸宅の使用人たちが車を寝殿《しんでん》の正面の階段の下にどんどん引き寄せているると、大納言が曳出物《ひきでもの》（お土産）としてすばらしい馬を二匹引き立ててきた。また贈り物に十三弦の琴《きん》なども取り出してきた。

それを目にした時平《ときひら》は、伯父《おじ》にこういった。

「酔いのついでに申し上げるのはよくないことなのだが、伯父上《おじうえ》に敬意を払うためにこのように参上したのですから、本当にお喜びなら、格別に心のこもった曳出物をお与えください」

するとひどく酔っていた大納言は、

「わたしは伯父でありながら、あなたより身分の低い大納言という身であるので、一《いち》の大臣《おとど》（左大臣の異称）が来られたことをとてもうれしく思うので――」

そこまでいうと、じっとしていられなくなった。先ほどから時平が簾《すだれ》の中の妻に流し目を使っているのが気になってたまらなかったからだ。それで、

（こんな若い妻を持っていることを見せて差し上げよう）

と思うが、酔い狂って自慢のあまり、

「わたしはね、この連れ添っている女こそ宝だと思っている。立派な大臣でありましても、これほどの女をお持ちではありますまい。この年老いたじじいのもとには、こういうすばらしい女がおります。これを、曳出物に差し上げましょう」

というと屏風《びょうぶ》をばたばた押し畳み、簾を押し上げて中に手を差し入れ、北の方の袖《そで》を取って引き出した。そして、

「そら、ここにおりますよ」

と、いった。

すかさず時平は、

「まことに参上した甲斐があり、今こそうれしい気持ちです」

そういって北の方に近寄り、その袖をつかんで引き寄せると坐り込んでしまった。

それを見て、その場から立ち去った大納言は時平の家来たちに、

「ほかの上達部《かんだちめ》・殿上人《てんじょうびと》はこれでもうお帰りになってください。左大臣はしばらくのあいだ、出ては来られないでしょう」

といって手を振り振り追い出そうとするので、おのおの目配せをして、ある者は大納言邸から出た。ある者は、どういうことがあるのかと、隠れて見届けようとする者もいた。

時平はしばらくすると、

「ひどく酔った。もうこれまで。車を寄せよ。もう、どうにもならぬ」

そういった。それで牛車が庭に引き入れられた。多くの人が近づいて車を寝殿の正面の階段の下に寄せた。

大納言は車に近づくと、みずから簾《すだれ》を持ち上げた。すると時平《ときひら》は北の方を両手でしっかり抱き上げてひょいと車に入れ、つづいて自分も乗り込むと、さっさと車を走り出させた。

（やや……ッ）

このときになって大納言はぎょっとし、かといってどうしようもなくて、ただこういった。

「おいおい、ばあさんや、わ、わたしを忘れるなよ」

この声をあとに、二人を乗せた車は左大臣邸へ帰って行った。

さて、大納言は邸宅に入ると、装束《しょうぞく》を解いて寝床に横になった。ひどく酔っていたので目が回って気持ちが悪く、正気を失い寝入ってしまった。

（はて……）

大納言の酔いが醒《さ》めたのは夜明け前のまだ暗いころであった。

大納言は夕べのことが夢のように思えた。それで、

（現《うつつ》ではなかったのではないか……）

と、そばにいる女房《にょうぼう》に「北の方は」と尋《たず》ねてみると、昨夜の出来事の一部始終を聞かされた。それを聞いて大納言はひどく驚き、呆れ返るばかりであった。

（左大臣のお年賀を喜ばしく思いながら、うれしさのあまりわたしは気が変になってしまったのだろう。酒に酔ったときの勢いとはいえ、こういうことを仕出かす人がいるだろうか）

と自分が馬鹿にも思え、また堪《た》えられない思いになる。妻を取り返す方法もないので、

（あの女の前世《ぜんせ》からの因縁《いんねん》によって生じた報《むく》いがこうさせたのだ……）

と考えてみたが、自分を老いぼれと思っていた様子が女に見えていたことなどがいまいましく悔しくて、それでいて悲しくて恋しい。

だから世間の人の目には自分の意思でしたことのように思わせながら、心の中ではたまらなく妻を恋しく思っていた（以下、欠）。

＊

院は、上皇《じようこう》・法皇《ほうおう》の御所《ごしよ》（あるいは本人）のことですが、本院は上皇や法皇が二人以上いるとき、最も早くから院であった人の御所をさします。

時平《ときひら》は、最初の関白となった藤原基経《ふじわらのもとつね》の子で、あの菅原道真《すがわらのみちざね》（右大臣）を九〇一年に大宰権帥《だざいのごんのそつ》（令外《りようげ》の官の一つ）に左遷《させん》して藤原氏の地位を確保しますが、その八年後、三十九歳で没します。ちなみに道真は左遷されて二年後の九〇三年、配所の大宰府《だざいふ》で没します。五十九歳でした。

昭宣公《しようせんこう》は、藤原基経の諡号《しごう》です。諡号は、生前の行ないをたたえ、死後に贈る名です。贈り名。

殿上《てんじよう》の間《ま》は、殿上人《てんじようびと》が昇る清涼殿《せいりようでん》の詰め所です。殿上人は、雲上人《うんじようびと》ともいい、殿上の間に昇ることを許された人のこと。

小櫛《おぐし》は、小蔀《こじとみ》のことで、殿上の間が覗ける小窓のこと。

識事《しきじ》は、宮中の事務を取り扱う役人（蔵人《くろうど》）です。

随身《ずいじん》は、貴族の外出のさい、護衛としてついた近衛府《このえふ》の下級役人のこと。近衛府は禁中の警固・行幸《ぎょうこう》の警備に当たった役所です。

雑色《ぞうしき》は、雑役をつとめた無位の役人。下男。

御簾《みす》は、貴人のいる部屋の簾《すだれ》のこと。

公達《きんだち》は、親王《しんのう》・摂家《せっけ》・清華《せいが》など、上流貴族の子弟のことです。

大納言《だいなごん》は、太政官《だいじょうかん》の次官。左・右の大臣に次いで政治に参与します。つまり八十歳に届く伯父は、三十歳ほどの甥っ子の時平《ときひら》より官位が低いのです。

在原《ありわら》の何とかは、原典で名前が欠字になっているためです。

兵衛府《ひょうえふ》は、兵衛（武官＝兵舎人《つわもののとねり》）を監督し天皇の身辺警固を担当した役所。ちなみに舎人《とねり》は下級役人のことです。

色好みは、情事を好むこと、またそういう人のほか、風流人もさしますが、平安時代では、男の価値を決定できる要素でもあり、単なる情事を超えた、恋の情趣を尊ぶという美的理念でもあったそうです。民俗学者の折口信夫によれば、多くの女を愛し、幸福を与え、多くの子孫を持つことが、古代の帝王が備えるべき徳の一つでした。

上達部《かんだちめ》は、三位以上の者、及び四位の参議。公卿《くぎょう》のこと。

歌を詠《うた》って、というのは文学的遊戯で、決められた題で和歌などをつくって読み上げ、出来栄えを競う遊びのことです。

簾《すだれ》ごしは、女は夫や愛人、父親以外の男には、じかに顔を見せないのが嗜《たしな》みでした。

薫《た》き物《もの》は、いろいろの香を混ぜ合わせてつくった練り香のことです。

宿世《すくせ》は、「しゅくせ」の転で、前世《ぜんせ》からの因縁《いんねん》、宿命の意です。北の方は悪縁と考えたようです。

曳出物《ひきでもの》は、もと馬を庭に引き出して贈ったことから、饗応などで主人から客へ出すお土産のことです。

（以下、欠）は、『世継物語《よつぎものがたり》』（『栄花物語《えいがものがたり》』・『大鏡《おおかがみ》』の別名）では、時平のものとなった北の方が幸せに暮らす中で、時には前夫の大納言を思い出したこと、また時平とのあいだに子が生まれたことなどが語られています。『今昔物語集』が、ここで話を打ち切ったのは、主題の分裂を避けるためだったといわれます。

2　男の身代わりとなる女（巻第二十九の第二十八より）

今ではもう昔のことだが――。

誰とはわからないが、家柄の高い貴公子で、年齢《とし》の若い、姿かたちの様子がじつに美しい若者がいた。近衛《このえ》の中将《ちゆうじよう》などであったと思われる。

その中将がお忍びで清水寺《きよみずでら》に参詣《さんけい》したときのこと――。

とてもさっぱりとしたきれいな着物を上品に着こなし、市女笠《いちめがさ》で顔を隠し、徒歩《かち》でお参りに来ている女と出会った。

（ほう……）

息を呑む思いの中将は、

（身分のある女《ひと》がお忍びで、歩いて参詣に来たのだな――）

と思った。そのとき、女が何げなく顔を上に向けた。

（お……ッ）

市女笠で隠されていた女の顔が、ちらっと見えた。年齢《とし》のころ二十歳あまり、姿かたちが清らかで魅力的で、世間に類がないほど美しい。それで中将は、

（この女、いったい何者なのだろうか。こういう女《ひと》と親しくなりたいものだ）

そう思ううち万事を忘れてしまい、女に心を奪われた。

女が寺の本堂から出てくるのを目にすると、従者《ずさ》の小舎人童《こどねりわらわ》（召し使いの少年）を呼んで、こう命じた。

「あの女が入る家を、しっかり見届けてこい」

さて、中将が家に帰ってからしばらくすると――。

女のあとをつけていった小舎人童が戻って来て、こういった。

「たしかに入る家を見届けて参りました。京には住んでおりませんでした。清水《きよみず》の南のあたり、阿弥陀《あみだ》の峰《みね》（鳥辺山《とりべやま》）の北にある家におります。たいへんにぎやかで裕福そうに見えました。あの方《かた》のお供をしておりました年嵩《としかさ》の女が、わたしがあとをつけているのを見て、変ね、あとをつけてくるように見えるけれど、どうしたのと、わたしに聞いたので……」

「なんと、答えたのだ」

という中将《ちゅうじょう》に、小舎人童《ことねりわらわ》はこういった。

「はい。あの清水寺《きよみずでら》の本堂であなたがたをお見かけしたうちの殿《との》が、どこにお帰りになるのか、しっかり見て参って来いとおっしゃったので、と申し上げると、今後こちらに参ることがあれば、わたしを訪ねなさいと、年嵩《としかさ》の女が申しておりました」

これを聞いて喜んだ中将はさっそく文《ふみ》をしたため、女のもとへ使いを遣《や》った。

すると女から、いいようがないすばらしい筆跡の返事があった。

このようにたびたび手紙の遣り取りをしていると、あるとき女からの返事にこうあった。

「わたくしは山里住まいですので、京などへ出て行くことなどできないでしょう。よろしければ、こちらへおいでになってください。簾《すだれ》ごしでお逢いいたしましょう」

（むむ……）

中将はあまりの逢いたさに、喜びながら侍《さむらい》二人にあの小舎人童、それに馬の口取り（馬丁《ばてい》）をそろえると、暗くなるころ、馬に乗ってお忍びで京を出た。

やがて先方に到着すると――。

中将は小舎人童を使って、「こういう者である」と案内を乞《こ》わせたところ、使用人らしき女が出てきて、こちらへというので、そのあとについて中に入った。よく見ると、家の門は高く、周囲の土塀《どべい》は頑丈《がんじょう》につくられている。庭には深い堀があり、橋が渡されている。その橋を渡って奥の家屋へ入るので、引き連れてきた供の者たちや馬などは堀の外の家屋にとどめおかれた。それで中将は自分一人で橋を渡って奥の家屋へ入った。見ると、多くの部屋があり、客間と思われる部屋もある。両開きの板戸があるところから入ってみると、とてもよく飾りつけられている。屏風《びょうぶ》・几帳《きちょう》などが立てられ、清らかな美しい畳なども敷かれ、寝殿造《しんでんづく》りの家屋の中心にあたる部屋、母屋《もや》には簾がかかっていた。

（ふむ……）

こんな山里であるのに奥ゆかしげに住んでいるので心憎く思いながら、坐って待っていると、やがて夜が更《ふ》けたころ、主人《あるじ》の女が出て来た。

（おお……ッ）

思ったとおり、女は几帳の内に入ると横になった。さっそく中将も几帳の内へ這入《はい》って横たわった。女は中将《ちゅうじょう》にその美しい肢体をゆだねた。親しい関係になってからは、身近で見れば見るほど、離れて見ていたときよりもこの上なく可愛く思われる。

そこで中将はここ数日来の恋情などを語り続け、行く末までの変わらぬ約束などをして横になったのだが、女はなにやらたいへん思い悩んでいる様子で、忍び泣きに泣いているように思える。

（はて……）

中将は不思議に思い、

「どうして、そんなにもの悲しい表情をしているのか」

と、女に聞いた。

すると女はこういった。

「ただ、なんとなく哀れに思われるのです」

（うん……）

中将は納得がいかず、こういった。

「それではいっそうわからない。今ではこんなに深い仲になったのだから、どんなことでも隠さずに打ち明けなさい。さて、どんなことがあるのだ」

（……）

女が口を閉ざしたままなので、さらに中将はいった。

「このような、ただならぬ面持ちであるのは、何かあるからだろう。どんなことがあるのだ」

女をひたむきに気遣《きづか》ったからだろう、ようやく女は口を開いた。

「申し上げまいと思っておりましたが……申し上げるにも、あまりにつらいことなので……」

と、泣きながらいった。

（むむ……）

これは何かある――。そう思った中将は、

「すぐに話しなさい。もしかしたら、わたしが死ぬなどということか」

と聞いた。すると女は、

「いや……本当は、隠しておくべきことではありません」

そういってから、女はこう話し出した。

「わたくしは、京に住んでいた何某《なにがし》という者の娘です。それが、父母が死んでしまって独《ひと》りでいました。この家の主人《あるじ》は、乞食《こじき》がとても裕福になってここにこうして長年住んでいる者なのですが、この者が企んで、京に独りで住んでいたわたくしを盗み出して養い、貴人の娘らしく着飾らせて、ときどき清水寺《きよみずでら》に参詣させました……」

（なんだって……）

息を詰める思いの中将《ちゆうじよう》に、女は話を続けた。

「清水寺に参詣すると、そこで出会った男《ひと》は、わたくしを見て、あなた様のように思いをかけてきますので、あなた様がここにいらっしゃったように、だまして近づいてはここにおびき寄せ、一夜を共寝するきわに、天井から鉾《ほこ》が差し下ろされて、それをわたくしがつかんで男の胸に当てがい、突き殺して男の着物を剥《は》ぎ取り――」

（げ……ッ）

息を詰めて聞いている中将の面持ちがただならない。女の話はさらに続く。

「男の従者《ずさ》もあの堀の外の家屋で皆殺しにし、同じように着物を剥ぎ取り、乗り物なども奪います。このようにしたことはすでに二度あります。これから先も同じように、こんなことばかりが続くのでしょう……。ですから、このたび、わたくしはあなた様に代わって鉾に当たって死のうと思います。すぐさまお逃げくださいな。お供の方々

はきっともう皆、殺されたことでしょう」

そういって息を入れてから、

「けれども、もう二度とあなた様とお会いできないと思うと、それが悲しいのです」

といい、哀れに泣きくずれた。

(むむ……)

女の話を聞いた中将《ちゅうじょう》は驚き、あっけにとられ、気の抜けたようにぼんやりしてしまった。けれども心の中でじっとこらえて、こういった。

「本当にひどい話で、驚きいった。わたしの身代わりになるというのはありがたいが、あなたを見捨てて、わたし一人逃げ出すのは心が痛む。それならば、あなたと連れ立って逃げよう」

すると女はこういった。

「わたくしも、何度もそう思いましたけれど、天井から下ろした鉾《ほこ》の手応えがなければ、きっとこの家の主人《あるじ》は急いで下りてきて調べるでしょう。そして二人がいなければ、間違いなく追っ手がかけられて二人とも殺されるでしょう。どうか、あなた様は生きながらえて、わたくしのために必ず仏事を行なってくださいな。わたくしは、これから先もあのような罪づくりをするわけにはいきません」

　これを聞いた中将は、

「あなたがわたしに代わって死んでくれるというのに、どうして仏事を行なわずあなたの恩に報《むく》わないことなどできるでしょうか。そんなことは決してできません」

　といってから、

「さて、どのようにして逃げればいいのだろうか」

　というと、女はこういった。

「堀にかかっている橋は、あなた様が渡ってからすぐに、引き外してしまったでしょう。ですから、そっちにある遣《や》り戸《ど》（引き戸）から出て、堀の狭いところを飛び越えて、向こう岸に渡ると、土塀に狭い水門がありますので、そこからなんとかして這《は》い出てくださいな。もうその時が近づいてきました。鉾《ほこ》が差し下ろされれば、自らの胸に当てて、死ぬことにいたします」

　そうこうしているうち奥のほうで人の声がしたので、中将は恐ろしいどころの話ではなかった。

　中将は泣いていた。泣きながら寝床から起きて、衣《きぬ》（着物）を一枚だけ引っかけて、教えられた引き戸からこっそり出て、堀を飛び越えて向こう岸に渡った。そして、水門からなんとかして這《は》い出した。

（むむ……）

這い出たのはいいが、どちらへ逃げたらよいのかわからなかった。それで真っ直ぐの方向に走った。そのうち、後ろから人が走って来るのに気づいた。

（……ッ）

無我夢中で逃げながら、ちらっと振り返って見てみると、

（おおッ）

従者《ずさ》の小舎人童《こどねりわらわ》であった。中将《ちゆうじよう》は喜びながら、

「おまえはどうした」

と尋《たず》ねると、小舎人童はこういった。

「殿があの庭にお入りになって橋をお渡りになると、すぐに橋が引かれましたので、怪しいと存じまして、なんとかして築垣《ついがき》（築地塀《ついじべい》＝土塀）を乗り越えて外へ出て隠れていましたら、残りの者たちを皆殺しにしたと聞こえてきましたので、殿はどうなされたのかと悲しく思いながら、帰らずに藪《やぶ》の中に隠れて、ともあれ様子をうかがおう

としておりましたところ、人が走り出てきましたので、もしかしたらと思いまして、走り参ったのです」

これを聞いて中将は、

「しかじかのことがあったのだ。それを知らなかったのは、我ながら嘆《なげ》かわしい」

といい、小舎人童と一緒に京の町へ向けてひたすら走った。

五条大路が鴨川《かもがわ》の河原に出合うあたりに来たとき、振り返って見ると、あの女のいた家のほうに大きな炎《ほのお》が出ていた。

（やや……ッ）

あれはどうしたことかと、中将は驚いたことだろう。

じつは中将が女の家を逃げ出したころ――。

その家の主人《あるじ》は天井から鉾《ほこ》を差し下ろした。男を突き殺したと思っていたのに、いつもと違って女の声もしない。

（はて……）

怪しんだ主人は急いで寝所に下りて見ると男はおらず、女が自分の胸を鉾で突き差して死んでいた。

（くそっ……男は逃げたのであれば、すぐに役人がやって来て捕まるだろう）

そう思い、家の主人《あるじ》は間もなく家屋に火をつけ、逃げたのであった。


さて、中将《ちゆうじよう》は自邸に逃げ帰ってくると、小舎人童《ことねりわらわ》に口止めをした。自分もその後、この出来事を他人《ひと》にいっさい語らなかった。

しかしながら、誰のためにとはいわずに、中将は毎年たいした仏事を準備して、事件の当日を忌日《きにち》（命日）として法要を行なった。きっとあの女のためだったのであろう。このことがいつのまにか世間に知られると、ある人が、女の家の跡《あと》に寺を建てた。某寺といい、今でもある。

このことを考えると、あの女の心はじつに尊く滅多にないものだ。また、小舎人童もすぐれて判断力があり、適切に行動した。

そもそも、美麗なる女などを見て、自分の心の赴《おもむ》くままに知らないところに行くなどということは、この話を聞いてよしたほうがいいと、人々は噂したと、語り伝えているとか――。

＊

近衛《このえ》の中将《ちゅうじょう》は、近衛府の次官のことで、大臣家の若い子弟がなることが多かったといわれます。近衛府は、禁中の警固・行幸《ぎょうこう》の警備などにあたっていましたが、平安中期ごろから儀仗兵化《ぎじょうへいか》します。

市女笠《いちめがさ》は、頂に高い巾子《こじ》のある菅《すげ》の笠のこと。本来は市女、すなわち市で物をあきなう女が用いた笠ですが、平安中期以降、上流の女性の外出用となったといわれます。

巾子は、頂上部にある髻《もとどり》を入れる突起のことです。

お忍びは、貴人が身分を隠して、あるいは非公式に外出することです。

阿弥陀《あみだ》の峰《みね》（鳥辺山《とりべやま》）は、「とりべの」に同じ。鳥部野《とりべの》（鳥辺野とも）は京都市の東山の西の麓《ふもと》にある地で、平安時代、死人の捨て場所で、火葬場のあったところ。

簾《すだれ》ごしは、女は夫や愛人、父親以外の男にはじかに顔を見せないのが、嗜《たしな》みでした。

几帳《きちょう》は、土居《つちい》（台）の上に柱を二本立て、その上に一本の横木を渡して帷子《かたびら》（垂れ衣）をかけたもの。座敷に立てて間仕切りとした室内調度の一つです。

仏事は、供養のためにする写経《しゃきょう》・造仏・祈祷《きとう》などのことです。

某寺は、寺名が原典で欠字となっています。

3 雨宿りがもたらした一夜《ひとよ》の契《ちぎ》り（巻第二十二の第七より）

今ではもう昔のことだが――。

閑院《かんいん》の右《みぎ》の大臣《おとど》（右大臣）という人がいた。その名を冬嗣《ふゆつぐ》といった。世間の評判が本当に格別によくて、才能にもとても恵まれていたが、若くして亡くなってしまった。

この冬嗣には子がたくさんいた。上の兄を長良《ながら》の中納言《ちゅうなごん》といった。次を良房《よしふさ》の太政大臣《だいじょうだいじん》といい、次を良相《よしみ》の左大臣、その次を内舎人《うどねり》の良門《よしかど》といった。昔は、冬嗣も初めての任官はこの内舎人であった。内舎人というのは、宮中の警護や行幸《ぎょうこう》のさいの護衛を任務としていた。

さて、その内舎人である良門の子に、高藤《たかふじ》という人がいた。

この高藤は、幼いころから鷹《たか》狩りが好きだった。父親の良門も鷹狩りを愛好していたので、子の高藤もその好みを受け継いだのである。

その高藤が十五、六歳ぐらいの九月（旧暦）ごろ――。

高藤は鷹狩りに出た。南山階《みなみやましな》（京都市山科区）というところの、渚《なぎさ》の山あたりで鷹を操って獲物を追いまくっていると、申《さる》の時ごろ（午後四時ごろ）、突然あたり一面が暗くなって俄雨《にわかあめ》が降り出し、大風《おおかぜ》が吹き、雷鳴が轟《とどろ》き渡った。

（うひゃ、これはかなわん）

と、供の者たちは驚きあわて、ちりぢりになって駆け出し、雨宿りをしようとおのおの馬の脚《あし》の向くままに走り去った。

このとき、主人《あるじ》の高藤は、西の山のほとりに人家があるのを見つけ、そこへ馬を走らせた。従者《ずさ》は馬の口取り（馬丁《ばてい》）の男一人であった。

その家に行き着いて見ると、檜《ひのき》の薄い板

を編《あ》んだ垣《かき》をめぐらした唐門《からもん》構えの家である。

（うむ……）

ひなびた場所にしては贅沢《ぜいたく》な感じである。

その門から、高藤《たかふじ》は馬に乗ったまま中へ走り入った。

（おっ……）

見ると、板葺《いたぶ》きの寝殿《しんでん》の端《はし》に、柱間《はしらま》（柱と柱の間の距離）が三間《けん》（五・四メートル）ほどの、小さい廊下があったので、そこへ乗り入れて、馬から下りた。馬丁《ばてい》の男は、その廊下の端に馬をつないで腰をおろした。高藤は廊下の板敷きに尻を載せて空模様をうかがっていた。

そのうちにまた、風が吹いて雨が降って雷鳴が轟《とどろ》き、恐ろしいほどに天気が荒れ、帰る手段がなかったので、雨宿りのつもりでそこにいた。

やがて、日もだんだん暮れてきた。

（どうしたらよいだろう……）

高藤が心細く不安に思っていると、

（おや、あれは……）

家の後方から、青みがかったねずみ色の狩衣袴《かりぎぬばかま》を着けた四十歳ばかりの男が現われた。

　男は高藤を見ると、

「これはまあ、いかなるお方が、このように、ここにおられるのか」

と尋ねるので、高藤はこう答えた。

「鷹狩りをしているうちに、こんな天気に遭《あ》い、帰る方向もわからなくなり、ただもう馬の走るに任せているうち、家が見えたので、ほっと安心してここに来たのです。どうしたらよいだろうかと思案しています」

　すると男は、

「雨が降っているうちはここにいらしたらよいでしょう」

といい、それから馬丁の男のそばに寄って行き、

「あそこにおられるのは、どなたなのですか」

と、こっそり聞いた。聞かれた馬丁は、

「これこれのお方でいらっしゃいます」

と、主人《あるじ》の身分素姓《すじょう》を明かした。

その素姓《すじょう》を聞いて男は驚き、あわてて家の中へ入って家具調度をととのえたり、火を灯《とも》したりして、しばらくしてから出て来ると、こういった。

「むさくるしいところではございますが、どうか、ここにいらっしゃってください、せめて雨の止《や》まないうちは。御衣《おんぞ》（お着物）もひどく濡れてしまっております。火にあぶって差し上げましょう。御馬にも草を食べさせましょう。あの後ろのほうに引き入れてくださいませ」

高藤《たかふじ》は、

（むさくるしい下衆《げす》の家ではあるけれど、由緒《ゆいしょ》ありげで面白い……）

と、思った。なぜなら、天井は檜《ひのき》の薄い板を網代《あじろ》に編《あ》んだものだし、あたりには竹などを網代に編んだ屏風《びょうぶ》が立ててある。それに、さっぱりとして美しい高麗端《こうらいべり》の畳が三、四畳ばかり敷かれているからだ。

高藤はこの家に上がり込んだ。雨で濡れた装束《しょうぞく》が苦しかったので脱ぎ、物にもたれかかって横になっていた。そこへ家の主人《あるじ》がやって来て、高藤の脱いだ狩衣《かりぎぬ》や指貫《さしぬき》などを、火にあぶりましょうといって持って行った。

少しの間《ま》があって――。

高藤は横になったまま家内を見ていると、寝殿造りの家屋の中心にあたる部屋、母《も》屋《や》の外側にある庇《ひさし》の間《ま》の引き戸が開いて、十三、四歳ぐらいの若い娘が現われた。高藤より二つぐらい年下である。

（むむ……）

娘は薄紫色の一重《ひとかさね》の衣《きぬ》（着物）に濃い紅色の袴《はかま》を着けて、扇で顔を隠しながら片手に高坏《たかつき》を持って現われた。恥ずかしがって高藤から遠く離れて坐ったので、

「こちらへもっと寄りなさい」

というと、娘は静かにいざり寄った。

（や……ッ）

その娘は近くで見ると、色の濃い美しい髪の様子といい、その髪がかかる額《ひたい》の様子といい、この家の主人《あるじ》の娘とは見えないほど非常に美しく、あでやかに見える。

高坏と箸《はし》などを食台に載《の》せて、高藤の前に置くとすぐに立って戻っていった。そのときの後ろ姿だが、髪は豊かにふさふさと生え、その髪の先端は膝《ひざ》の裏の窪《くぼ》みを過ぎているると見える。

そのうち娘は、またすぐに別の食台に食べ物などを置いて持ってきた。髪がまだ背丈に届かない少女なので高藤《たかふじ》の前に上手に置けず、置くといざりながら後ろに下がっていった。娘が置いていったものを見ると、釜《かま》で軟らかく炊いた飯《いい》とともに大根の小さいもの、アワビ、鶏《にわとり》などの肉を干したもの、それにうるかなどであった。

高藤は一日中、鷹を操り、馬を走らせていたので疲れている。それで、このように食べ物を差し出されると、

(下衆《げす》の家であってもしかたがない)

と思い、喜んでみな食べた。酒を出されれば、これもまた飲んだ。

こうして夜も更《ふ》けたので、高藤は寝床に入ったのだが――。

なかなか寝つかれない。さっきの少女が気に入って、思い起こされてならない。

ついに起き上がって、

「独《ひと》りで寝たが、気味が悪いので、さっきの少女をここに」

と、家の主人《あるじ》にいってみたら、すぐに娘を高藤のもとへよこした。

高藤は、少女が部屋に入ってくるなり引き寄せて抱き、二人して寝床に横になった。

(おお……ッ)

間近で見る少女の様子は、離れて見ていたときよりも美しく、可愛らしい。

（……）

少女は無言のまま、高藤のいうままにその体を開いた。その素直な態度に、高藤はいっそう心を動かされた。それで愛《いと》しく思うままに、互いに年端《としは》もゆかぬ若い心でも、将来のことをくり返し約束した。

九月（旧暦）の夜とて長いのに、少しも寝ずに、愛しさに夜通し夫婦の契《ちぎ》りを交《か》わした。娘のふるまいも、とても気高い様子なので驚きながら高藤は若さに任せて契り明かした。

やがて夜も明けると、

（帰らねば……）

と、起き上がって出て行こうとした高藤は、腰に下げている太刀《たち》を手に取ると、

「この太刀を形見に置いて行こう。もし親の考えが浅く、おまえを誰かほかの男と結婚させようとしても、決してほかの男と契ってはいけない」

と少女にいったが、あとに心が残って去りがたく、出るに出られず、ようやく部屋を出て行った。

高藤《たかふじ》は馬に乗り、馬丁《ばてい》の男を連れて四、五町ほど行ったところで、昨夕ちりぢりになった従者《ずさ》たちが主人《あるじ》を探し求めてあちらこちらから出て来るのと出会った。

（おお……ッ）

と、びっくりしながら互いに無事を喜び合った。それから一行は京の屋敷へと帰った。

父親の内舎人《うどねり》は、息子が昨日鷹狩《たかが》りに出たまま帰って来ないので、

（どういうことなのだろう……）

と夜通し思い続けて夜を明かした。今朝は明けるのを待ちかねて人を外へ送り出し、息子を探しにやった。そのうちに戻ってきたのでたいへん喜んだのだが、こういった。

「若いうちは、鷹狩りのような外遊びはやめられないものだ。わたしも昔は自分の心のままに鷹狩りに行っていたが、亡くなられた父上（冬嗣《ふゆつぐ》＝高藤の祖父）はとめなかったので、わたしもおまえを好きなように遊ばせていたが、こういうことがあると非常に気がかりだ。これからは、若いうちはこういう外遊びはすぐにやめるべきだ」

それで、これ以後、鷹狩りも行なわれなくなった。

そのため高藤はひどく思い悩むことになる。

というのも――。

あの日の鷹狩りに供をした者たちは、主人《あるじ》の高藤が雨宿りした少女の家を見ていない。そのため、その家の場所がわからない。その場所がわかっているのは、馬丁の男一人だけであったが、馬丁の男はその後、休暇を願い出て田舎へ帰ってしまったので、どんなに少女が恋しくて我慢ができなくても、あの家に使いの者をやることができない。それだから、高藤は月日が経つほどに恋しい思いをいっそう募《つの》らせ、気にかけて思い悩んでいるうち、四、五年にもなってしまった。

やがて――。

父親の内舎人《うどねり》が若くして亡くなった。そのため高藤は伯父《おじ》（良房《よしふさ》）のもとに行き来しながら暮らしていた。

このころ、成長した高藤は容姿も美しく、気立てもすばらしかった。

それで伯父は、

（これは捨てておくことができない人物だ。きっと将来、ものになる……）

そう判断し、何かにつけて高藤《たかふじ》を大切にあつかった。

高藤は、父を亡くして心細く思うにつれて、あの家で経験した少女とのことばかりを気にかけ、恋しくてならなかったので、妻《め》を娶《と》ることもしないまま、六年ほどの歳月を過ごしてしまった。

そのうち、あの馬丁《ばてい》として仕えていた馬飼いの男が田舎から上京して来たことを聞き知った。

(なんだって……ッ)

高藤はただちにその馬飼いの男を呼び出し、馬の毛並みを繕《つくろ》わせるように仕組んで、そば近くに呼ぶと、

「先年、鷹狩りのついでに雨宿りをした家の場所を、おまえは覚えているか」

と聞いてみた。

すると男は、

「覚えておりますとも」

そう答えた。

それを聞いて高藤は、

（ありがたい……ならばッ）

と、すぐにこういった。

「今日そこへ行こうと思う。鷹狩りということにして行くので、そのつもりでいてくれ」

こうして高藤は、供には日ごろ親しく召し使っている帯刀《たてわき》（たちはきとも）を引き連れて、阿弥陀《あみだ》の峰越《みねご》え（峠越え）に出かけた。

二月二十日（旧暦）ごろのことである。

ようやく日が暮れるころ、あの家のあるところに到着した。

（おおッ……）

まさにあの家である。時節柄、家の前の梅の木の花はところどころ散って、ウグイスが枝の先でしみじみと鳴いている。梅の花びらが遣《や》り水《みず》に散り落ちて流れるのを見ると、とても情趣を感じる。

高藤は馬に乗ったまま、あのときと同じように中へ入ると、小さい廊下の端で馬から下りた。そして、家の主人《あるじ》を呼び出すと――。

ひょいと顔をのぞかせた主人《あるじ》はそこに思いがけない人物がいたので、うれしさでとるものもとりあえず出て来た。

さっそく高藤《たかふじ》が、

「この前いた娘はいるか」

と尋《たず》ねると、

「おります」

と答えた。高藤は喜びながら娘のいた家屋のほうへ入って見ると、娘は几帳《きちょう》の端に、半分隠れるようにして坐っていた。

近寄って見ると、最初に顔を合わせたときよりずっと大人の女らしくなって、別人のように美しい。

（この世にこんな美しい女がいるだろうか……）

そう思って見ていると、

（おや……）

その女の傍《かたわ》らに五、六歳ぐらいのなんとも言葉では言い表わすことのできない、可愛らしい女の子がいるのに気づいた。

（はて……）

と思い、

「その子は誰か」

と問いただすと、女はうつむいて泣き出しそうになり、はっきり答えない。高藤はわけがわからず、父親であるこの家の主人を呼んだ。

出て来て平伏《へいふく》する主人に、高藤はここにいる稚児《ちご》（子ども）は誰かと聞いた。

すると主人は、こういった。

「先年、あなた様がいらっしゃって、その後、娘はほかの男のそばに近寄ることもございませんでした。もともと幼い者でございましたから、それまでにも男のそば近くに寄ったことがありませんでしたのに、あなた様がいらっしゃってからほどなくして身ごもりまして、産んだのでございます」

（うむ……）

話を聞いて高藤はとても胸に迫るものがあった。枕元のほうを見ると、形見に渡した太刀《たち》が置いてある。

（一夜《ひとよ》の契《ちぎ》りでも、このように深い契りもあるものなのか……）

と思うと、いっそう愛《いと》しく、心が痛むこと、この上もない。また、その女の子を見ると、わが容貌に似ていることは少しも疑う余地がない。

そこで高藤《たかふじ》はこの夜、娘の家で一夜を明かしたのだった。


明くる朝――。

高藤は帰るさい、娘に「すぐに迎えに来る」と言い置いて、娘の家を出た。

高藤は、この家の主人《あるじ》は何者なのだろうと思い、問いただすと、その郡《こおり》の長官（郡司《こおりのつかさ》）であった。高藤から見れば、郡司ははるか下の階級である。

高藤は、

（このような身分の低い者の娘とはいえ、前世《ぜんせ》からの因縁《いんねん》があって、深く契《ちぎ》りを交わしたのだろう）

そう考えて翌日、身分の低い者が乗る筵張《むしろば》りの牛車《ぎつしや》に下簾《したすだれ》を垂らし、侍《さむらい》二人を従えて娘の家へ迎えに出かけた。そして車を寄せて娘を乗せ、その姫も乗せた。娘のお供の者がまったくいないのも困るので、その母親（家の主人の妻）を呼び出して乗せた。母親は年齢《とし》のころ四十あまりで、こざっぱりした容姿でまさしく郡司の妻に見える。薄黄色の衣《きぬ》（着物）の、糊《のり》のきいたのを着て、髪が乱れないよう着物の内側にこめるようにして、いざりながら車に乗った。

そこで高藤は娘らを屋敷に連れて行き、その後はこの娘一人を大事にし、ほかの女には目もくれず暮らしているうち、娘は男の子を二人続けて産んだのだった。

さて、この高藤という人は並はずれたお方で、やがて出世して大納言《だいなごん》にまでなった。最初に産まれた姫を、宇多天皇《うだてんのう》の女御《にょうご》として差し出した。その後まもなく、その姫は第一皇子（のちの醍醐天皇《だいごてんのう》）を産んだ。男の子二人のうち、兄のほうは大納言の右の大将で、名を定国《さだくに》といった。泉《いずみ》の大将というのがこの人である。弟のほうは、右大臣・定方《さだかた》という。三条の右大臣というのがこの人である。

祖父、すなわちあの家の主人で、郡司であった男は四位を授かり、修理大夫《しゅりのだいぶ》になった。

高藤の最初の娘が産んだ第一皇子が醍醐天皇になると、高藤は内大臣《ないだいじん》（うちのおとども）になった。

四位を授かり修理大夫になった祖父は、あの家を寺につくり替えたが、それが今の勧修寺《かじゅうじ》である。祖母は、向かいの東の山のほとりに堂を建てたが、その名を大宅寺《おおやけでら》という。

高藤《たかふじ》が雨宿りをして、少女と一夜を過ごしたあの家のあたりをなつかしく慕わしく思ったのだろう、醍醐天皇の陵《みささぎ》（墓）はその家の近くにある。

この出来事を考えると、その場限りの鷹狩りの途中の一夜の雨宿りで、こういうたいへん喜ばしいことがあるのも、みな前世《ぜんせ》からの因縁《いんねん》によるものであろうと、語り伝えているとか——。

＊

閑院《かんいん》は、藤原冬嗣《ふじわらのふゆつぐ》（七七五〜八二六）の邸宅のことです。ここは、平安末から鎌倉中期には各天皇の里内裏《さとだいり》でした。里内裏とは、内裏の外に外戚《がいせき》などの邸宅を一時的に内裏として用いたもの（里内・今内裏とも）。

唐門《からもん》は、唐破風《からはふ》形の屋根を持つ門のことです。唐破風は、破風（屋根の切妻《きりつま》にある合掌形《がっしょうがた》の装飾板）の一つで、中央部は弓形で、左右両端が反り返った曲線状のもの。

狩衣袴《かりぎぬばかま》は、狩衣（鷹狩り用の衣服）と、それに着ける指貫《さしぬき》の袴のことです。指貫の袴は、裾《すそ》を紐《ひも》で指し貫いて絞るようにしたいわゆる括《くく》り緒《お》の袴で、股が割れていて活動的です。

下衆《げす》は、身分の低い者のこと。

高麗端《こうらいべり》は、畳の縁《へり》の一つです。白地の綾《あや》に雲形・菊花などの紋様を黒く織り出したもの。

高坏《たかつき》は、食べ物を盛る高い脚のついた器のこと。坏《つき》は、普通の器のこと。うるかは、鮎《あゆ》などの卵やはらわたを塩漬けしたものです。

帯刀《たてわき》は、東宮《とうぐう》の警護に当たる刀を帯《お》びている下級の役人のこと。

阿弥陀《あみだ》の峰《みね》は、京都市東山区、清水《きよみず》の南にあたります。そこに山科《やましな》へ越える峠があったようです。

遣《や》り水《みず》は、庭に水を導き入れてつくった細い流れのことです。

几帳《きちょう》は、土居《つちい》（台）の上に柱を二本立て、その上に一本の横木を渡して帷子《かたびら》（垂れ衣）をかけたもの。座敷に立てて間仕切りとした室内調度の一つです。

下簾《したすだれ》は、牛車の簾の内側に垂らす絹布のこと。

修理大夫《しゅりのだいぶ》は、内裏《だいり》（皇居）の修理・造営をつかさどる役所（修理職《しゅりしき》／すりしきとも）の長官です。

内大臣は、太政官《だいじょうかん》の官名で、ほぼ左・右大臣と同じ権限を持ち、一般政務をつかさどります。

勧修寺《かじゅうじ》は、京都市山科区勧修寺仁王堂町に現存するそうです。

大宅寺《おおやけでら》は、現存しませんが、勧修寺の東の山ぎわに「大宅」の地名が残っているそうです。

4 通《かよ》ってくる男をなくした女のその後（巻第十九の第五より）

今ではもう昔のことだが――。

六の宮というところに住んでいる没落した宮家《みやけ》の子で、兵部大夫《ひょうぶのだいぶ》の何某《なにがし》という人がいた。兵部大夫とは、軍政一般、特に武官人事を担当する兵部省《ひょうぶしょう》（太政官《だいじょうかん》八省の一つ）の長官のことである。

その長官であるこの人は、心の持ち方が上品で雅《みやび》であり、古風であった。それだから、さしでがましく世間に出て人づき合いをする気持ちもなかった。没落した宮家の家屋は荒れ果てて崩れ、寝殿《しんでん》の東の対《たい》（東側の家屋）だけが、高い木立に囲まれてひっそり残っていたので、そこにわびしく住んでいた。年齢《とし》は五十あまりになっていて、娘が一人いた。

この娘はまだ十歳あまりだが、美しい顔立ちをしていて、髪といい姿格好といい、劣って見えるところがいっさいない。気立ても素直で可愛らしかった。このようにすばらしい娘だったので、それ相当の上流貴族の子息などと結婚させてもまったく不釣《ふつ》り合《あ》いではない。

けれども、このような美しさや魅力が世間の人には知られていなかったので、あえて求婚してくる人もいないままであった。

兵部省の長官である父親は、

(どうしてこちらから娘の夫を求めているなどと、いえようか)

と古風に考え、気持ちを落ち着かせていた。

(高貴な人とつき合わせたい……)

などとも思うけれど、貧しい身であるので、そんなことは思いもよらない。当時の習わしでは婿《むこ》の面倒は一切合切、妻の側の実家が見ることになっているからだ。

父も母も、娘のことを心に懸《か》けながらどうしようもなく、もっぱら二人の間に寝かせて、知識や技芸などいろいろ知っていることを教えていた。乳母《めのと》は他人なので心を許せないし、相談相手になるような兄弟もいない。それだから心もとないこと限りなく、娘の将来が心配でならなかった。ただもう両親はこのことを嘆《なげ》くばかりで、泣くよりほかにどうしようもなかった。

そのうち、父も母も相次いであっけなく死んでしまった。

残された姫君（娘）の心をただもう想像するがよい。つらくて悲しくて身のやりばもなく、その心中、たとえようがない。

ようやく月日が過ぎて喪《も》が明け、喪服なども脱いだが、父母がいつも乳母には気を許せないといっていたので、姫君も乳母には打ち解けることができない。そうやってむなしく数年を過ごすうち、姫君が親から受け継いだそれ相当のたくさんの調度品や道具類を、乳母がいつのまにか少しずつ人手に渡し、米や塩の代にかえていた。

だから、あるべきものがなかったりして、姫君の心細さ、悲しさは限りもなかった。

そのうちに、乳母が女主人《おんなあるじ》の姫君にこういい出した。

「わたしの兄弟で僧になっている者に言付《ことづ》けて、姫様に求婚してきている人がいます。どこそこの国の前司《ぜんじ》（前任の国司《こくし》）で、二十歳あまりの者ですが、姿かたちも美しく、気立てもよい人だそうです。その方のお父上も今は受領《ずりよう》（国守《くにのかみ》＝地方長官）ですが、最近まで公卿《くぎよう》だった人の子ですから、家柄もたしかでございます。このお方が、姫様がこんな暮らし向きでいらっしゃるのを聞いて求婚してきています。こちらに通《かよ》ってくる相手として不釣り合いな人ではありません。このように心細く暮らしているより、よほどましだろうと思いますが」

これを聞いて姫君は、長い髪を振り乱してただ泣くばかりであった。

その後――。

乳母《めのと》は求婚してきた男からの手紙を、たびたび女主人《おんなあるじ》の姫君に取り次いだ。けれども姫君は見向きもしなかった。それで若い女房《にょうぼう》などがいたので、それに姫君の御文《おふみ》と思われるような返事を書かせ、男のもとに返してやった。

そういうことをたびたび行なったので、「その日」と決めて男が通《かよ》って来るということになった。それで、もうどうすることもできず、とうとう乳母が手引きして、男を姫君の寝所に通わせてしまった。

(むむ……これほどとは)

姫君の様子を見て、すばらしく魅力的で申し分がないので、男が心を尽くして励んだのも当然である。その男も、さすが高貴な人の子であったので、その雰囲気、容姿は見劣りしなかった。

この男を受け入れた姫君は、ほかに頼りにする人もいなかったので、そのうちこの男に慣れ親しむと、夫として頼り、暮らすようになった。

そのうち、夫の父親が陸奥国《みちのくのくに》（青森・岩手・宮城・福島の四県と秋田の一部）の守《かみ》（国司《こくし》の長官）になった。その国守《くにのかみ》任官の除目《じもく》（官職を任命する行事）が正月に行なわれるというので、夫の父親は急いで下向《げこう》することとなった。

すると、

「男なので京にとどまることもない」

といわれ、息子も父親に従って陸奥へ下らねばならなくなった。けれども妻を見捨てて行くのは耐え難く、心苦しく思われた。といって親に認められて打ち解けた間柄というのではないので、今さら女を連れて行くとは恥ずかしくていい出せなかった。それで悶々《もんもん》としながら、とうとう下向する日を迎えた。

その日――。

妻の許《もと》を立ち去るとき、夫は深い約束をして泣く泣く別れて陸奥へと下って行った。

陸奥国へ到着してのち、夫は早く妻に手紙をやろうと思うのだが、手紙を託すべきしっかりした伝手《つて》がなく、嘆《なげ》きながら過ごしているうち、いつしか年月が過ぎてしまった。

やがて五年という国司《こくし》の任期が切れる年、夫は急いで上京しようとするが――。

このころ、常陸《ひたち》（茨城県北東部）の国司であった何某《なにがし》という人は、任地で盛んに権勢を振るっていた。この人が、陸奥《みちのく》の国司の長官の息子を自分の娘の婿《むこ》にしようと、人をやってたびたび陸奥の国司の長官を招いていた。そのため、陸奥の国司の長官はその話を、「この上なく好都合」と喜んで受け入れ、息子を常陸国にやった。

だから陸奥国に五年、常陸国に三、四年いる間に、いつしか京を離れて七、八年にもなった。

この常陸の国司の娘は、若くて魅力的であったが、あの京に置いてきた女《ひと》とは比較にもならなかった。

それゆえ男はいつも心を京の妻にやりながら恋い慕うのだが、その甲斐もなかった。伝手《つて》を求めてわざわざ京に手紙をやっても、使いの者は訊《たず》ね当てることができなかったといって持ち帰ったり、あるいは京にとどまったりして返事を持って来なかった。

やがて、常陸の国司も任期が切れたので京へ上《のぼ》ることになり、娘の婿である男も一緒に上京することとなった。

その上京の途中――。

京に残してきた妻に会いたくて耐え難い思いをしているうちに、もう粟津《あわづ》（大津市内＝琵琶湖最南端の地）に着いた。

京は目の前である。男の、妻への思いがはちきれそうになる。

けれども入京するには日次《ひなみ》（日柄）が悪いという。それで一行は二、三日粟津にとどまることとなった。

（むむ……なんということだッ）

京を目前にしての足止めなので、かえってここ数年よりもいっそう想いが募《つの》る。

ついに入京の日――。

昼間の入京は見苦しいというので、日暮れを待って入京した。

入京するや、男はもう遅いからと常陸の国司の娘である妻をその実家に送り届けて、自分は旅装束《たびしょうぞく》のまま急ぎ足で京の妻の屋敷である六の宮に向かった。

六の宮に着いて見ると――。

昔は屋敷の土塀《どべい》は崩れながらもあったのだが、今はそこに小さい小屋などが建っていた。

（やや……ッ）

あったはずの屋根つきの門柱は跡形《あとかた》もない。寝殿の対《たい》の屋《や》（別棟）などもあったはずだが、一つも見えない。政所屋《まんどころや》（家政を行なう事務所）としてあった板葺《いたぶ》きの建物も形がねじれ、ゆがみながらかろうじて残っている。庭内の池は、水も見えないほど水草に覆《おお》われている。風情のあった木々も、ところどころ切られてなくなっている——。

これらを目にした男は、

（む……）

と、息を呑む思いである。取り乱し、動揺した。

ようやく平静さを取り戻した男は、

（このあたりに事情を知っている者がいるかもしれない……）

そう思い、供の者に探させたが、知っている者はいなかった。

政所屋の壊れ残ったところに、わずかに人が住んでいるような気配がある。近づいて人を呼んでみると、一人の尼が出て来た。

（や……ッ）

月光に浮かんだその顔は、あの女《ひと》（姫君＝前妻）の便器の掃除などをしていた下働きの下女《しもおんな》の、母親の顔である。

男は寝殿の倒れた柱に腰を下ろすと、その尼を呼び寄せてこう聞いた。

「ここに住んでいた人はどうしました」

けれども尼は、

（うむ……）

言葉につまっているようで、はっきり答えない。

この日は十月（旧暦）の半ばごろだったので、尼もとても寒気を感じている様子であった。

そこで、尼が何か隠していると思った男は、こんなふるまいをした。

「さあ、これを」

そういって、自分が着ている衣《きぬ》（着物）を一枚脱いで尼に与えた。

（……ッ）

尼は驚きあわてて、

「まあ、どのような人がこのようなことをされるのですか」

といった。

男はこういった。

「わたしはこの家の姫君の夫だった者ではないか。おまえは忘れたのか。わたしはおまえを少しも忘れていないぞ」

これを聞くやいなや、尼はしゃくりあげて激しく泣きだした。


その後――。

尼は平静さを取り戻し、男にこう語った。

「わたくしの知らないお方に聞かれたのかと思い、隠しておりました。今、ありのままに申し上げますので、どうか姫君を探してあげてくださいまし。あなた様が陸奥国《みちのくのくに》へ下向《げこう》なされてのち一年ぐらいは、お仕えする人たちも、お手紙やらいただけるだろうとお待ち申し上げていましたが、音沙汰がなくお手紙もいただかなかったので、姫君は忘れられてしまったのだろうと、思いました。それでも――」

なんとか暮らしていたという。そのうち二年ぐらいで、姫君の乳母《めのと》の夫も亡くなってしまい、姫君の暮らしの面倒を見る人が少しもいなくなり、みなもちりぢりに出て行った。寝殿は家内の人の寒さをしのぐたきぎとなり、壊れてしまい倒れてしまった。姫君のいた対《たい》の屋《や》も、道を行く人が壊して行くままになって、ついに先年の大風で倒れてしまった。姫君は使用人の詰め所の二、三間《ま》ぐらいに調度類を飾りつけて部屋とし、人目を避けるように細々と暮らしていた。尼は、京にいても養ってもらえないだろうと思い、娘の夫について但馬国《たじまのくに》（兵庫県北部）に下った。けれども去年、姫君のことが気がかりで上京してみると、このように跡形《あとかた》もなくなっていた。姫君の行かれた方面もわからなかったので、知っていそうな人に訊《き》き、尼寺も尋《たず》ねてみたけれど、まったく姫君の行かれたところはわからなかった――。

そうながながと語って、激しく泣いた。

男もこの話を聞いてこの上もなく悲しくなり、泣きながら六の宮を出ると家へ帰った。

けれども男は、あの女《ひと》（姫君＝前妻）に会わずしてこの世に生きていたいとは思わなかった。それで、

（ただ足が向くままに歩き、探し求めてみよう）

と、もの参り（神社に参拝すること）の姿をして藁沓《わらぐつ》をはき、笠をかぶってあちら

こちらを尋ね歩いた。けれどもまったく探し当てられなかった。

（もしかしたら、西の京のあたりかもしれない……）

そう思って二条大路を西へ、大垣《おおがき》（大内裏《だいだいり》の外郭《がいかく》の土塀《どべい》）に沿って行くうちに、申《さる》

酉《とり》の時刻（午後五時ごろ）になった。

と、あたり一面が暗くなり、時雨《しぐれ》がひどく降り出した。

（むむ、これはいかん……）

そうだ、あの朱雀門《すざくもん》の前の西の曲殿《まがりどの》に隠れよう。あそこに人はいない——。そう男

は思い、曲殿へ立ち寄ると、

（おや……）

連子窓《れんじまど》の内側に人の気配がする。そっと近づいて窓から曲殿の中を覗《のぞ》いてみた。

（やや、先客がいたのか……）

男が目にしたのは、とても汚げな、破れた筵《むしろ》の上にいる二人の女であった。一人は

年老いていた。もう一人は若いが、激しく痩《や》せ衰えて勢いがなく、顔色も青い。牛に

着せるような粗末な衣《きぬ》（着物）、麻か葛布《くずぬの》の衣を着て、破れた筵を腰に引っかけ、手

枕をして筵に臥《ふ》せている。

（うむ……しかし）

みすぼらしいながら上品な女に見える。それで不審に思った男は近くに寄ってよく見ると、なんと行方《ゆくえ》のわからなかった女《ひと》にまぎれもなく見える。

（ああ……ッ）

目の前が真っ暗になり、心の落ち着かないまま見守っていると、この女《ひと》がとても優美でかわいらしい声で、こう歌を詠《よ》んだ。

たまくら（手枕）のすきまの風もさむかりき

み（身）はならはしのものにざりける

（昔は手枕の隙間《すきま》から入ってくる風さえ寒く感じられた。ところが今はこんな有り様。身というのは慣れしだいのものであった）

これを聞いて、まさしく目の前にいる女が探し求めている姫君だったので驚愕し、女が引っ掛けている筵《むしろ》を取り払うと、

「ああ、どうして、このようなところにいらっしゃったのだ。お探し申し上げようと

しても、このように迷ってしまった」

といい、姫君を抱き上げて、その軽さにまた驚いた。

女は男に視線を合わせると、

(なんと……ッ)

この方は遠くに行ってしまった人ではないかと気づき、あまりの衝撃を堪《こら》えられなかったのであろう、そのまま息が絶えてしまった。

(……ッ)

くくと、男は涙を堪えながら、しばらくのあいだ女が生き返るものと信じて抱き締めていたが、そのまま冷たく硬直していったので、死んだと見きわめたのだった。

それから男は家にも帰らず、そのまま京の北西にある、山岳仏教の聖地である愛宕《あたご》山《やま》に行き、髻《もとどり》(元結)を切って法師になった。

仏を信じる心を起こしたのは尊い。出家は現世《げんせ》だけの因縁《いんねん》ではない。前世《ぜんせ》からの因縁によるものなのである。

この出来事はくわしく語り伝えられていないが、『万葉集』という書物にも記されているので、このように語り伝えているとか――。

＊

六の宮は、八条北朱雀西（西八条）にあった邸宅ともいわれます。

何某《なにがし》は、原文では欠字だからです。

受領《ずりょう》は、実際に任地に赴いて政治を行なう国守《くにのかみ》（地方長官＝国司のトップ）のことで、遙任《ようにん》（任地へ行かず京にいた名目だけの地方長官）に対する語です。

こちらに通《かよ》ってくる相手としては、とありますが、当時は通い婚でしたので、その相手として、ということです。

日次《ひなみ》が悪いは、暦《こよみ》の上での、その日の縁起が悪いということ。

対《たい》の屋《や》は、寝殿《しんでん》の左右（東西）や背後（北）につくった別棟の建物のことです。

西の京は、右京のこと。朱雀大路《すざくおおじ》より西側は、当時はさびれた場所でした。

時雨《しぐれ》は、秋から冬に降る冷たい雨のことです。

曲殿《まがりどの》は、朱雀門の門前両脇にあったL字形の建物で、普段は無人でした。

連子窓《れんじまど》は、曲殿の窓で、細い格子《こうし》をつけた窓のこと。

『万葉集』という書物には、とありますが、『万葉集』にこの話は見当たらないようです。

5 恋をしかけるのに思いやりのない男（巻第三十の第二より）

今ではもう昔のことだが――。

平定文《たいらのさだふん》（さだふみとも）という人がいた。通称を「平中《へいちゅう》（へいじゅうとも）」といった。この平中はとても色好みの人、すなわち情事を好む人であった。

今と昔の中間ころは、男たちはよく市《いち》へ出かけては女をえり好みした。

平中もその色好みが盛んなころ、よく市へ出かけていた。

その日も、平中は市へ出かけた。この日は后《きさき》の宮《みや》（皇后・中宮の敬称）の御殿《ごてん》に仕える女房《にょうぼう》たちも出かけてきていた。

（おや……あれは）

平中は女房たちを目にとめて、えり好みにかかり、一人の女に思いを懸《か》けた。それで、さっそく家に帰ってから手紙を書いて、御殿へ遣《や》った。

女房たちが市から御殿に戻って来ると、平中の手紙が届いたので、

「市へ行った人はたくさんいましたのに、これはどなたあてのお手紙か」

と、手紙を持ってきた使いの者に取り次ぎを通して訊《たず》ねさせた。

これを聞いて、平中はこういう返事を書いて遣った。

も、わきのたもとのかずはみしかどもなかにおもひ（以下欠字）
（宮中にいらっしゃる方々の数多くの袂《たもと》は見たけれども、その中に）

これは、武蔵国《むさしのくに》の何某《なにがし》という国司《こくし》の娘である女房にあてたものであった。その女《ひと》は色の濃い掻《か》い練《ね》りを着ていた。その女に懸想《けそう》したのである。

それで、武蔵という女房もあとで返事を遣って、平中が通《かよ》って来るのを承知した。

この女房は容貌や容姿がすばらしい若い女であった。これまでも身分のある男たちからたくさん恋い慕われたけれども、気位が高いので誰も寄せつけなかった。

しかしながら、平中が一途《いちず》に思いをかけたので、とうとう女は心がくじけて人目を忍んで逢い、契《ちぎ》りを結んでしまった。

その明くる朝、平中は帰って行ったが、後朝《きぬぎぬ》の文《ふみ》を女に遣《や》らなかった。

（はて……）

あれほどわたくしをほしいままにしておきながら――。と、一夜《ひとよ》の契《ちぎ》りを回想した女は気がかりで仕方がなかった。ひそかに夕方まで後朝《きぬぎぬ》の使《つか》いを待っていたけれども、ついに来なかった。

女は男の仕打ちをつらく思いながら、この夜、男が来るのを待った。はじめての女と一夜をともにしたら、続けてあと二夜は女のもとへ通《かよ》って来るのが礼儀だからだ。けれども男は来なかった。女はまんじりともしないで夜を明かした。明くる日も文《ふみ》は来なかった。男も来なかった。

夜が明けると、女主人《おんなあるじ》に仕える召し使いの下女たちがこういっているのが、女の耳に聞こえてきた。

「とても浮気っぽいという評判を聞いていた男《ひと》なのに、どうしてあんな方にやすやすとお逢いになられたりしたのかしら。お忙しくて御自分がおいでになれないとしても、お文《ふみ》を差し上げられないことはないのに」

これを聞いて女は、自分でも心に思っていたことを他人《ひと》（下女）にいわれたので、つらくてきまりが悪く、悲しさのあまり泣き出した。

この夜も、

（もしかしたら……）

と女は思い、待っていたけれども、男も文も来なかった。明くる日も使いの者が来ることはなかった。

こうしてまたたくまに五、六日が経ってしまった。けっきょく男は一夜しかやって来なかった。だから女は男に踏んだりけったりの目に遭《あ》わされたといえる。

それだから気位の高い女は泣いてばかりいて、食べ物も喉《のど》を通らなくなった。

女主人《おんなあるじ》に仕える者たちも嘆《なげ》き、

「こんなことで泣き寝入りしてしまうのはあんまりです。だからといってこの状態のままでというわけにもいかないし……別の殿御《とのご》をお探しなさいませ」

などと、すすめた。

そのうち女は誰にも知らせず髪を掻き切り、尼になってしまった。

（まあ、なんてことを……ッ）

仕えていた者たちは女主人《おんなあるじ》の尼姿に気がついて集まり、泣き悲しんで取り乱したけれども、もう取り返しはつかない。

尼となった女主人《おんなあるじ》はこういった。

「とてもつらい身の上なれば、死のうと思ったけれども、それもできなかったので、こうして尼になって後生《ごしょう》を願おうと思う。このようにいったからと、そんなに騒いでくれるな」


いっぽう平中《へいちゅう》が長いあいだ手紙を女に出さなかったわけは、こうである。あの女と逢った翌早朝、平中は帰ってすぐに後朝《きぬぎぬ》の文《ふみ》をやろうとしていると、宇多上皇《じょうこう》の御所から、「急ぎ、参れ」と呼び出された。平中は殿上人《てんじょうびと》なので、日ごろ召し遣われている身である。それで、万事捨て置き、急ぎ参上した。ところが、そのまま上皇のお供をして大井（嵯峨《さが》の大堰川《おおいがわ》東岸の名勝地）に行くことになった。そのため平中は、

（あの女《ひと》のところでは、音沙汰がないのをどんなにか変だと思っていることだろう）

と心苦しく思いながら、今日は上皇が御所にお帰りになるか、今日はお帰りになるかと心ばかり焦《あせ》っているうち、五、六日にもなってしまい、やっとのことで帰れることになった。それで、

（あの女《ひと》のところへ早く行って、これまでのことを釈明しよう）

と思っているうち自邸に使いが来て、「このお文《ふみ》をどうぞ」とかいっているので、誰かと思って門戸《もんこ》を覗《のぞ》いて見ると、あの女《ひと》の乳母子《めのとご》がわざわざ来ていた。

（うむ……ッ）

これは何かあったのかとはらはらして、「こっちへ」といって乳母子を中へ入れ、まず文を受け取って開いて見ると、とても香りのよい紙に、切った髪が輪のような形に曲げられて、包んである。

（はて……）

と不思議に思って文を見れば、こう書かれてあった。

あまのかはよそなるもののとき、しかど
　わがめのまへのなみだなりけり

（天の川は自分とは関係のないものと思っていましたが、それは自分の目の前の涙でした）

これを読んだ平中は目の前が真っ暗になって思いが乱れ、これを届けに来た乳母子《めのとご》

に様子を聞くと、

「さっそく御髪《みぐし》をおろしてしまわれました。ですから女房たちもたいへん大騒ぎをして泣いております。わたしも、あれほど長く美しかった御髪が失われたのを目にしますと、とても胸が痛みます」

そういって乳母子はさめざめ泣いた。

平中《へいちゅう》も聞くからに涙をおさえられなかった。だからといって、このままというわけにもいかないので、返事をこう書いた。

世をわぶるなみだながれてはやくとも
あまのかはやはながるべからむ

（世の中をわびしく思う涙を早く流したとしても、天の川は流れてよいものでしょうか。尼になどなるべきではなかった）


そして、使いの乳母子《めのとご》にこういう口上を伝えた。

『とても驚き、その上、どうしてよいかわからない。今すぐ参上します』

その後、平中はすぐに女のところへ行ったのだが――。

尼となった女は塗籠《ぬりごめ》に閉じ籠り、決して口を開くことがなかった。

それで平中は御殿《ごてん》に仕える女房たちに出会うと、泣きながらこういって帰って行った。

「わたしに差し支えがあったことを、あの方にお知らせしなかったばっかりに、情けないことをなさった」


これというのも男に思いやりがなかったことが引き起こした結果である。どんな事情があるにせよ、「こういうことがあって」といいやるのは容易であるはずなのに、それもいわずに五、六日も放っておけば、男の仕打ちがつらいと思う気持ちが女の心に起こるのは当然であろう。

しかしながら、こうなることが女の前世《ぜんせ》からの因縁《いんねん》による報《むく》いであったのなら、それでこのように出家したのだろうと、語り伝えているとか――。

＊

色好みは、情事を好むこと、またそういう人のほか、風流人もさしますが、平安時代では、男の価値を決定できる要素でもあり、単なる情事を超えた、恋の情趣を尊ぶという美的理念でもあったそうです。民俗学者の折口信夫によれば、多くの女を愛し、幸福を与え、多くの子孫を持つことが、古代の帝王が備えるべき徳の一つでした。

市《いち》は、人が集まって物品を売買するところ。

女御《にょうご》は、天皇の寝所に侍《じ》した高位の女官のことです。

女房《にょうぼう》は、宮中に仕え、部屋を与えられている女官の総称です。

も、は、もも（百）で、ここでは数の多いことの意。

掻《か》い練《ね》りは、「掻い練り襲《がさね》」の略です。襲の色目の名。襲は衣服を重ねて着ること。表裏ともに紅。冬から春までに用います。

後朝《きぬぎぬ》の文《ふみ》は、一夜をともにして女のもとから家へ帰ったら、なるべく早く女へやる手紙のことで、それは習わしでした。平中はその手紙を届ける使者（後朝の使い）を出さなかったということです。

乳母子《めのとご》は、乳母の子（乳《ち》きょうだい）のことです。

塗籠《ぬりごめ》は、寝殿《しんでん》の中に設けられた、周囲を壁で塗り込めた部屋のこと。納戸《なんど》や寝所《しんじょ》に用いた部屋で、明かり窓をつけ、妻戸《つまど》（外側へ開く両開きの板戸）から出入りします。

6　苦労して女の部屋から逃げる男（巻第二十三の第十六より）

今ではもう昔のことだが――。

駿河国《するがのくに》（静岡県中部・東部）の前任の国司《こくし》で、橘 季通《たちばなのすえみち》という者がいた。季通は歌人でもあった。

その季通の若いころのことだが――。

季通は自分の仕えているところではない、ある高貴な人の屋敷に仕えている女房《にょうぼう》を口説いて男女の仲になり、人目を避けてそこへ通《かよ》っていた。その屋敷の警護や雑用をつとめる侍《さむらい》たちは、季通がたかだか六位《ろくい》風情の者であり、殿人《とのびと》（高貴な家の家来）でもないのに、我がもの顔で夜や明け方に屋敷に出入りして女房の局《つぼね》（部屋＝私室）に通うのが非常に面白くなかった。それで寄り集まって、

「いざ、こいつを屋敷に閉じ込めて恥をかかせ、懲《こ》らしめてやろう」

という申し合わせをした。

そんなことを知る由もない季通《すえみち》は、以前と同じように小舎人童《こどねりわらわ》（召し使いの少年）一人を連れて、徒歩《かち》で屋敷へ行き、女房《にょうぼう》の局《つぼね》へ忍び入った。供の小舎人童には、明け方に迎えに来いといって、家に帰らせた。

この間《かん》、季通を懲《こ》らしめようと様子をうかがっていた侍《さむらい》たちは、

「例の男がやって来て、もう局に入ったぞ」

と各々に知らせて回り、屋敷のあちらこちらの門を閉め、錠を下ろしてしまった。そして各門の鍵を隠すと、警棒を引きずるように持って築垣《ついがき》（屋敷の塀）の崩れたところに立ちはだかり、季通が逃げ出せないように守りを固めた。

この様子を目にした局の女童部《めのわらわべ》（召し使いの少女）は、

（あれ……）

と、いつもと違う侍たちの警護の仕方に気づき、女主人《おんなあるじ》（＝女房）に知らせた。

驚いた女房は、季通に知らせた。

（なんですって……ッ）

季通は女房と契《ちぎ》ったあとなので横になって寝ていたが、これを聞いてあわてて起き上がり、着物をひょいと身にまとうと、

（うむ……これは困ったことになった）

と考え込んだ。

それを見て女房は、

「上《うえ》（屋敷の主人）のところに行って、様子をうかがってきましょう」

といって局を出て行き、様子をうかがってみると、ほかの女房に、

「侍たちが示し合わせてしたことらしいけれど、上《うえ》は見て見ぬふりをしていらっしゃるようよ」

と、教えられた。それでどうしようもなく、局に戻ってくると季通の前で泣いた。

季通は、

（ひどいことになったなあ……恥をかかせられることになる）

と思うが、逃げるに逃げられない。

そこで季通は女房の女童部を部屋から出して、屋敷を抜け出す隙《すき》があるかどうか、外の様子を見に行かせた。

外へ様子をうかがいに出た女童部は、

（あ……ッ）

と目を見張る。塀が崩れて隙《すき》のあるようなところには必ず侍《さむらい》が四、五人ずつ、太刀《たち》を引っさげ、警棒を突いて立ちはだかっている。皆、袴《はかま》のくくり紐《ひも》を高く結んで裾《すそ》を上げ、股立《ももだち》をとって帯に挟《はさ》んでいる。逃げ出す隙もない有り様である。

その様子を局に戻ってきて伝えると、季通《すえみち》は大きな溜息をついた。

この季通は思慮深くて利口で、力なども非常に強い男だった。それで、こう考えた。

（今は、どうしようもない。これもしかるべき定めなのだ。じきに夜は明けるだろうが、このまま局《つぼね》にいて、オレを引っ張り出しに来る者たちがいれば、そいつと刺し違えて死んでやろう。それにしても、夜が明ければ、オレだとわかるだろう。そうなれば、そう簡単に手出しもできまい。その隙に、従者《ずさ》たちを呼びにやらせて出て行こう）

だが、こうも思う。

（とはいうものの、あの童《わらわ》〈召し使いの少年〉が事情を知らずに夜明けにやって来て門を叩けば、奴らは迎えが来たとわかり、童を捕らえて縄をかけるに違いあるまい）

それは気の毒だ――。そう思った季通は、女童部《めのわらわべ》を外に出して、小舎人童《こどねりわらわ》が迎えにやって来たかどうか、見に行かせた。けれども、あの局の女童部だとわかると、侍たちに口汚く非難されたので、泣きながら戻ってきてうずくまってしまった。

そのうち夜明け近くになった。

どのようにして入ってきたのか、あの小舎人童が庭内に入っているのを侍たちが見つけた。

「うん……あの童は誰だッ」

と、問いただした。その声を聞いた季通は、小舎人童がまずい返事をするのではないかと思っていると、こういう返事が聞こえてきた。

「御読経《みどきょう》の僧のお供の童子《どうじ》でございます」

「それならよい、通れ」

と、いうことで通ることができた。御読経とは「季の御読経」のことで、春秋の二季、宮中に多くの僧を招いて大般若経《だいはんにゃきょう》などを講読させる儀式があるが、それに招かれるほどの僧のお供であると、小舎人童は偽ったのである。

季通は、

（賢い答え方をする奴だなあ。しかし、局に来れば、いつも声をかける女房の名前を

呼ぶだろうな)

と心配していると、小舎人童《ことねりわらわ》は季通《すえみち》のいる局《つぼね》に近寄って来ないで通り過ぎてしまった。

(むむ……)

そうか、此奴《こやつ》は、ここの事態に気づいているな。そうであるなら抜け目のない機転の利く奴だから、何か思案することがあるのだろう——。そう、小舎人童の心中を察していると、

「追《お》い剥《は》ぎだッ、人殺しッ」

と、女《め》の童《わらわ》の叫ぶ声が大路《おおじ》のほうから聞こえてきた。

その声を聞いて、

(なんだってッ)

と屋敷の警固にあたっていた侍《さむらい》たちは、

「追い剥ぎを捕らえよ」

「たいしたことはあるまい」

などといいながら皆、走り出した。門を開ける余裕もないまま塀の崩れたところか

ら大路へ飛び出していく。そして、どこへ逃げたッ、などと行方《ゆくえ》を問い、騒いでいる。

季通はすぐに、

（この騒ぎはあの小舎人童が起こしたことだ）

そう、察した。それで局を出て庭に走り出てみると――。

侍たちは各門には錠が下ろされているので門から逃げるとは考えなかったのだろう、塀の崩れたところにだけわずかの侍が留《とど》まり、あれやこれやといっている。

季通は隙《すき》を見て門のもとに走り寄り、錠をねじって力一杯引っ張ると、錠が引き抜けた。

（しめた……）

と門を開けてそのまま走って、辻《つじ》で曲がり、角《かど》で曲がりして逃げているうち、小舎人童が追いついてきて、一緒になった。二人は連れ立って一、二町（約一〇八～二一六メートル）ほど走り逃げたので、いつもの歩く速さに戻った。

そこで季通は、

（ふう……ッ）

と溜息をついて、かたわらの小舎人童《ことねりわらわ》に、

「どんなことをしたんだ」
と、訊《たず》ねた。
するとこ舎人童はこう話した。
「お屋敷のご門がいつになく閉ざされていました上に、崩れた塀のところに侍《さむらい》たちが立ちふさがり、厳しく取り調べておりましたので不審に思いまして、御読経《みどきょう》の僧のお供の童子《どうじ》だと名乗りますと、崩れた塀から庭内に入れてくれました。それでわたしの声を殿にお聞かせして、そのあといったん外に出まして、こちらの女の童《めわらわ》が大路《おおじ》にしゃがんで大便をしておりましたので、その髪をつかんでねじ伏せ、衣《きぬ》（着物）を剥《は》ぎ取りましたら、追《お》い剥《は》ぎだ、人殺しだと叫びましたので、その声につられて侍たちが崩れた塀からわらわら出てまいりました。今こそ殿はお屋敷から抜け出せると存じまして、女の童を放り出して、こちらのほうに走って参ったしだいでございます」

この小舎人童は、まだ子どもではあるが、このように才知に富む奴は、滅多にいないのである。

この季通《すえみち》は、陸奥国《みちのくのくに》の前任の国司《こくし》、則光朝臣《のりみつのあそん》の子である。この則光という人も肝《きも》が太く力もあったので、季通はその父に似たおかげで、このように逃げられたのだと、語り伝えているとか――。

＊

女房《にょうぼう》は、宮中や貴人の屋敷に仕え、房《ぼう》（部屋＝局《つぼね》）を与えられている女官の総称です。

侍《さむらい》は、貴人に仕えて雑用や警護をつとめる者のこと。

六位《ろくい》は、宮中における六番目の位階。九等級まであるので官人の序列としては低い等級です。

股立《ももだち》は、袴《はかま》の左右の腰の両側のあきを縫いとめたところ。

朝臣《あそん》は、五位以上の人の姓名につける敬称です。四位の人の場合は名の下につけます。

五章　エロチック奇談
——笑える話

1 蕪《かぶら》を食べて身ごもる娘

（巻第二十六の第二より）


今ではもう昔のことだが――。

京から東《あずま》のほうへ下る男がいた。どこの国のどこの郡《こおり》とはわからないが、ある郷《さと》を通り過ぎているとき、男は突然、激しい性的欲望を起こし、それを満たしたく女陰に狂うがごとくになった。その気持ちを抑えがたく、どうしたらいいか困っていると、

（や、あれは……）

大路《おおじ》のそばにある畠《はたけ》の垣《かき》（垣根＝囲い）の内側に、たいへん茎の高い青菜、蕪《かぶら》（かぶ）がさかんに生い茂っていた。十月（旧暦）ぐらいの時期であったので、その蕪の丸くて白い根は大きく育っている。

（むむ……）

男は何を思ったのか突然、馬から下りると、その垣の内側に入り込んだ。そして蕪の根の、なるたけ大きそうなのを一本引き抜くと、その丸くて白い根をえぐり、穴を

あけた。その穴にちょっと見入ってから、それを己の股間にあてがった。蕪というのは意外に柔らかい。性欲を持てあましていた男は蕪にあけた穴と交わり、たちまち射精した。

それから男は、その蕪を即座に垣の内側に投げ入れて、その場を通り過ぎて行った。

その後、その畠の地主は蕪を収穫するため、下女《しもおんな》（使用人）たちをたくさん引き連れて、ほかにも幼い女子《おんなご》たちを連れて、畠へやってきた。そして蕪を収穫しているうち、垣のまわりで遊んでいた地主の娘、年のころは十四、五歳ぐらいで、まだ男を知らないうぶな娘が、あの男が投げ捨てていった蕪を見つけた。

（はて……）

なぜ、この蕪には穴があいているのかしら、などといったりして、娘はしばらくそれを相手に遊んでいた。そのうち腹もすいてきたので、その蕪の水気がなくなってしなびたところを掻《か》き削《けず》って、水気のあるところを食べてしまった。

そのうち蕪の収穫が終わったので、畠の地主は娘や下女たちなど、みんなを引き連れて家に帰った。

その後――。

蕪《かぶら》を食べた地主の娘はなんとなく気分がすぐれず、食欲もなくなり、いつもと様子が違った。それで、両親はどうしたことかと心配して騒いでいるうち、数カ月も経つと、驚いたことに娘は身ごもっていた。

両親はとても驚きあきれ果て、

「いったい、おまえはなにをしたんだッ」

と娘を責め、問いただした。

すると娘は、

「わたし、決して男のそばに近づいたことなどありません。ただ不審なことといえば、これこれの日に、これこれの蕪を見つけて食べたのです。その日から気分がいつもと違って、こうなってしまったのです」

といった。

けれども両親は納得がいかなかった。それで、娘の語った体験を意味のあることとも思わず、周囲の人を訪ねては娘のことを聞いて回ったが、家の使用人たちも誰も、

「お嬢さんが男の近くに寄るのをまったく見たことがない」といったので、ことの意

外に驚くばかりであった。

それから数カ月が経つと、すっかり月が満ちて、娘はとてもかわいらしい男の子を無事に出産した。

今さらどうこういっても仕方がないので、両親はその後、この男の子を大事に育てながら暮らしていた。


そのうち——。

あの、東国へ下った男が京へ戻ることとなった。

男はたくさんの従者《ずさ》を引き連れて京へ戻る途中、また蕪の畠《はたけ》のそばを通り過ぎた。

そのときも、いつかと同じように十月ごろであったので、あの娘の両親は蕪の収穫をしようと、使用人たちを引き連れて畠に出ていた。

例の男は、蕪の垣《かき》のそばを通りかかったとき、従者と雑談していたが、ふと気がつき、とても声高《こわだか》にこういった。

「おお、そうだ。先年、東国へ下ったさいも、ここを通ったのだが、そのとき無性に女陰がほしくなって我慢できなくなり、この畠の中に入って大きい蕪を一本引き抜いて穴を開け、これと交わって本意を遂げ、垣《かき》の中に投げ入れたものよ」

これを、畠《はたけ》にいた娘の母親ははっきりと聞き、

（えッ、なんですって……）

と娘の語ったことを思い出し、さてはと思ったので畠から垣の外へ飛び出して、

「もし、いまなんと、いまなんとッ」

と、男に呼びかけた。

すると男は、

（むむ……まずい）

蕪《かぶら》を盗んだと聞いて、とがめているのだと思い、

「いや、冗談ですよ、冗談」

といって、ひたすら逃げに逃げようとする。それで娘の母親は、

「非常に大事なことがございます。ぜひともお聞きしたいことがございます。あなた様、どうぞ隠さずにおっしゃってください」

と泣かんばかりにいった。それで男は、

（これは何か、わけがあるのだろう）

と思い、こういった。

「隠すようなことではありません。それに、わたしは重い罪を犯したわけでもありません。ただ、凡人の身であるゆえ、これこれのことをしてしまったのです。ですから雑談のついでに問わず語りに話したまでです」

これを聞いた娘の母親は涙をはらはらとこぼし、泣きながら男の腕をつかまえて家へ連れて行こうとした。男は納得しかねたけれども、強引に言い寄るので家へ同行した。

このとき娘の母親は、

「じつはこれこれのことがありましたので、娘がいう通りのことがあったのなら、その稚児《ちご》（幼児）をあなた様と見比べてみたいのです」

と打ち明けて、子どもを連れ出してきた。

見ると、

（まあ……ッ）

子どもはその男に少しも食い違うところがないほど似ている。

男も胸を打たれて、

「なるほど、世の中にはこうした宿縁《しゅくえん》もあるのですね。これはまあ、どうしたらよいでしょう」

といった。それで娘の母親は、

「今はただ、まったくあなた様のお心しだいです」

といい、子どもの母親である娘を呼び出した。

見ると、

（おお……）

娘は下衆《げす》（身分の低い者）ながら、とてもきちんとしている美しい女で、年のころ二十歳ぐらいである。子どもは五、六歳ぐらいで、とても端麗な男の子である。

これを見て男は、

（わたしは京へ帰ろうとしているが、これといった父母や親類、また頼りになる人が京にいるわけでもない。まあ、これほど深い夫婦親子の宿縁もあることだ。この娘を妻にしてここにとどまろう）

そう思い、深く覚悟を決めて、そのままその娘を妻とし、その家に住みついたのだった。

これはめったにない不思議な出来事である。けれども、男と女が交合しないでも、女の体の中に男の精液が入れば、このように子が産まれることもあると、語り伝えているとか――。

＊

東《あずま》は、京から見て本州東方諸国の総称です。東国。

郡《こおり》は、律令制《りつりょうせい》で国の下に属した地方行政区画で、郷・里・町・村などを含みます。

宿縁《しゅくえん》は、人間の力だけではどうにもできない前世《ぜんせ》からの因縁《いんねん》です。

2　桑の木に登った娘を下から狙う蛇

（巻第二十四の第九より）

今ではもう昔のことだが——。

河内国《かわちのくに》（大阪府南東部）の讃良《さらら》の郡《こおり》、馬甘《うまかい》という郷《さと》に住んでいる者がいた。生まれつき身分の低い者とはいえ多大な財産を築き、家は豊かであった。若い娘が一人いる。

その娘が、四月（旧暦）ごろのことだが、大きな桑《くわ》の木に登って蚕《かいこ》を育てる葉を摘《つ》んでいた。

桑の木は大路《おおじ》のそばにあった。その大路を行く人が、通りすがりにふと桑の木を見やると、

（やや……）

大きな蛇が、娘の登っている桑の木の根元に巻きついている。

大路を行く人は、

「お、おーい、娘さんッ」

と、桑の木の根元に大蛇が巻きついていることを娘に教えた。

（な、なんですって……ッ）

娘が驚いて見下ろすと、本当に大きな蛇が根元に巻きついて、自分のほうを見上げてちろちろ赤い舌を出している。

（いやだ……ッ）

思わず娘は衣《きぬ》（着物）の上から下半身の秘所あたりを押さえる。

（どうしよう……）

娘はひどくこわがり、取り乱したはずみに桑《くわ》の木から飛び降りた。

その途端、蛇は娘に巻きついた。

（あ……ッ）

と思う間もなく即座に蛇は娘の陰《ほと》（女陰）に這入《はい》り、交合していた。

そのため娘の身体は焼かれるようにほてり、娘は桑の木の根元に死んだように横たわった。蛇は交合したまま娘から離れない――。

この痛ましい光景を見た父母は、その場に駆けつけるが、嘆《なげ》き悲しむばかりでどうすることもできない。この河内国《かわちのくに》には名の知られた第一等の医者がいるので、その医者をすぐさま呼んで診《み》てもらった。その間《かん》も、蛇は娘と交わったままで離れようとしない。娘も気を失ったままである。

(うむ……)

と医者は唸《うな》り、両親にこういった。

「まず娘さんと蛇を、同じ戸板に乗せてすぐさま家に運んで庭に置きなさい」

そこで両親は医者にいわれたとおりにする。

その後も、両親は医者のいうとおりにした。三尺の長さにそろえて積み上げて一束《ひとたば》とする稲藁《いなわら》を、三束焼く。その灰を湯にまぜて汁を三斗とり、これを煮詰めて二斗にする。それから、猪の毛十把《じっぱ》を刻んで粉末にし、煮詰めた二斗の汁に合わせる。そして庭に杭《くい》を打って娘の体を折り曲げてぶら下げ、二斗の汁を女陰の口から入れる——。

こうして女陰から汁を入れ始めて一斗ばかりが入ったとき、蛇はようやく娘から離れ、地面に這い出して行った。その蛇を追いかけて叩き殺し、捨てた。

そのときである。女陰から汁がこぼれ出てきた。しかも、汁と一緒に、猪の毛が突き刺さった蛇の子が出てきた。蛇の子は凝《こ》り固まって、カエルの卵のように連なっている。その蛇の子は、女陰から汁が五升《しょう》ぐらいこぼれ出ると、もう出てこなくなった。

するとは娘の意識がはっきりし、娘は驚きの声をあげた。

両親は泣きながら蛇と交わった事情を娘に問うと、娘はこう答えた。

「わたしはまったく何も覚えておりません。まるで夢を見ていたような感じなのです」


さて、娘は高名な医者が処方した薬（薬湯《やくとう》）のおかげで命をとりとめ、その後は蛇を近づけないように用心していたが、三年ほど経つと、娘はもう一度、蛇と交合してとうとう死んでしまった。このときは、「これは前世《ぜんせ》からの因縁《いんねん》である」とわかって治療しなかった。この蛇と娘の間柄は、前世からのものだとわかったからである。

それにしても医者の力・薬の効き目というのは思いはかることのできない、たいしたものだと、語り伝えているとか——。

＊

讃良《さらら》は、大阪府四條畷市《しじょうなわてし》・大東市付近のようです。馬甘《うまかい》は未詳。

三尺は、約九一センチです。一尺は約三〇・三センチ。

三斗は、約五四リットルです。一斗は約一八リットル。

五升は、約九リットルです。一升は約一・八リットル。

3　閨《まら》（男根）をとられる滝口《たきぐち》の武士

（巻第二十の第十より）

今ではもう昔のことだが――。

陽成院《ようぜいいん》が天皇の時代、金《こがね》を京に運ぶ使者として滝口《たきぐち》（侍《さむらい》のこと＝武士）を陸奥国《みちのくのくに》へ派遣することとなった。その侍は道範《みちのり》といった。

道範は宣旨《せんじ》（天皇命令）を受けて、家来を連れて陸奥へ下っている途中、信濃国《しなののくに》（長野県全域）の郡司《こおりのつかさ》の屋敷に宿泊した。

待ち受けていた郡司は、道範一行をこの上なくもてなした。食事などが終わると、郡司は、滝口一行に気兼ねなく宿泊してもらおうと、郎等《ろうとう》（郎党＝家来）たちを伴って屋敷を出て行った。

道範は、旅先での宿泊ということでなかなか寝つかれなかった。それで、こっそり起き上がって屋敷のあちこちをぶらぶら見て歩いているうち、郡司の妻の居間らしいほうを覗《のぞ》くと、屏風《びょうぶ》や几帳《きちょう》などが立ち並んでいた。そこは畳などがきれいに敷かれていて、棚が二段ある厨子《ずし》などが感じよく飾りつけられている。

（おや……これは）

空薫《そらだき》だろうか――。

どこからともなく、なんともいえないかぐわしい香りが匂ってくる。こんな田舎でこんな行き届いた心遣いがあるのかと、その奥ゆかしさを憎らしくさえ思った。それでもっとよく覗いて見ると――。

年齢《とし》のころ二十歳あまりぐらいの女がいる。頭の形や容姿はほっそりしていて、額《ひたい》の形もよく、容姿のうちここは恵まれていないと見えるところが少しもない。女は見る者の心を惹《ひ》きつける雰囲気で横になっている。

その寝姿を見て、

（ほう……ッ）

と息をつく思いの道範《みちのり》は、このまま見過ごしてしまう気持ちになれなかった。さいわいあたりに人のいる気配もないので、なれなれしく近づいても咎《とが》める者はいない。それで、そっと遣り戸《やど》（引き戸）を引き開けて中に入った。

案の定、「誰か」と咎める者もいない。燭台《しょくだい》が几帳《きちょう》の後ろに立っているのでとても明るい。その光の中で見る女はますます美しい。

(むむ……ッ)

非常に丁重にもてなしてくれた郡　司《こおりのつかさ》だったのに、その妻に心ない仕打ちをするのはとても気の毒だが、横になっている女の様子を見ていると、道範は思いを我慢することができず、近づいて行った。

そして、女のそばに寄り添って寝ると――。

女はさほど驚かない。口元を袖《そで》で覆《おお》い隠して横になっている女の顔つきはなんともいいようがなく、離れて見ていたときよりずっと美しく魅力的なので、この上もなく喜んだ。

しかも、九月(旧暦)の十日ごろのことなので、まだ女は衣《きぬ》(着物)を多く重ね着していない。表が薄紫、裏が青色の衣一重《ひとかさね》で、濃い紅の袴《はかま》を着けている。

たきしめた香の、かぐわしい匂いがあたりの物にさえ染み込んでいるようだった。

(よし……ッ)

とばかりに道範は衣を脱ぎ捨て、女の胸元を開き、乳房《ちぶさ》に顔をあててその乳首をそっと吸う。

（あッ……）

といううかのように女は体をよじり、少しの間、胸元を閉じようとするそぶりを見せたが、ひどく拒む様子はない。それで道範《みちのり》はまた女の胸元に顔をあててその乳首を吸う。さらに手を女の秘所に伸ばしていき、女の体を開いていこうと思っていると——。

（うん……）

己の閛《まら》（男根）が痒《かゆ》くなってきた。それで掻《か》きむしろうとすると、

（あれ……）

陰毛を掻きむしっても、指先が肝心の閛に触れない。

（……ッ）

道範は息を詰める。閛がないのかと驚き、怪訝《けげん》に思ってよくよく股間を探《さぐ》ってみるが、まったく頭の髪の毛を探るようで、少しも跡かたがない。ひどくうろたえた道範は、もう女の美しく魅力的なことも忘れてしまった。

女は、あわてて股間を探りまくっている道範の奇妙な様子を見て、

（ふふ……）

と少し笑っている。

道範はますます合点《がてん》がいかず、ただならぬ様子を感じたのでそっと起き上がり、自分の寝床へ引き返してまた股間を探ってみたが、やはり閨は見当たらない。情けなく思ったので、道範は親しく仕えている家来を呼ぶと、事情を打ち明けずにこういった。

「あっちにとても美しく魅力的な女がいるぞ。俺も今、行ってきた。いいことがあるだろう、おまえも行って来い」

これを聞いて家来は喜んで女のいるところへ行った。

少し経つと、家来は戻ってきた。ひどく情けない顔つきをしているので、

（こいつも同じ目に遭《あ》ったのだろう）

と思い、また、ほかの家来を呼んで同じように女のもとへ行くようすすめた。その家来も戻ってくると空《くう》を見上げ、ひどく怪訝で腑《ふ》に落ちない様子である。

このようにして七、八人の家来を女のもとへやったが、皆、戻ってくるたびにその様子はまったく同じで、納得しかねる表情に見えた。

何度も何度も情けない思いをしているうち、夜が明けてしまった。

道範は心の中では、昨夜、屋敷の主人《あるじ》（郡司《こおりのつかさ》）がしてくれた並々でないもてなし

を喜ばしく思っていたけれども、閨《まら》の消え失せたことは非常に合点《がてん》がいかず、異常なことなので、すべてのことを忘れて、夜が明けるとすぐに旅立ってしまった。

道範《みちのり》一行が郡司《こおりのつかさ》の屋敷から七、八町（約七五六〜八六四メートル）ほども行くと、後方から呼ぶ声がする。

（うん……）

道範が馬上から振り返って見ると、馬を馳《は》せてくる者がいる。大急ぎで駆けつけてきた者を見ると、郡司の屋敷で食事を運んでくれていた郡司の家来である。その者は白い紙に包んだ物を道範の前に捧げ持ってきた。

「それは何か」

と訊《たず》ねると、

「これは郡司が、差し上げよ、といわれたものでございます。こういうものを、どうして捨て置いて出立なさるのでしょうか。形式どおり、今朝の食事を支度しておりましたのに、出立をお急ぎになって、こういうものさえ落としていかれた。ですから拾い集め、こうして持ってまいりました」

といい、白い包みを渡すなり即座に走り去った。

（はて……何だろう）

と、思いながら受け取った白い包みを開けて見ると――。

（むむ……）

そこにはまるで松茸《まつたけ》を集めて包んだように、閘が九つあった。

驚きあきれはてた道範は、家来たちを呼び集めてこの白い包みを見せた。

（なんなんだ……）

と八人の家来は誰もが疑わしげに近づいて、顔を寄せて白い包みを見る。

（あ……ッ）

と、どの家来も息を詰める。それは九つの閘であった。そのことに気づいたとき、閘はたちまち一度にぱっとみな消え失せてしまった。

このときになって道範の家来たちは、

「俺にも昨夜、そんなことがあった」

と女の寝床で閘が消え失せたことをいい出し、皆、股間を探り出した。

すると、

「あるぞッ」

「ある」

と、次々に声があがった。消え失せた閛《まら》はもとのようについていた。

道範《みちのり》の一行は、それから陸奥国《みちのくのくに》へ下って行った。


陸奥国に行き着いた一行は金《こがね》を受け取って京へ戻る途中、また信濃国《しなののくに》の郡　司《こおりのつかさ》の屋敷に宿泊した。

道範は、郡司に馬・絹などさまざまのものをたくさん与えたので、郡司はたいへん喜び、

「これはまあ、どのように思われて、このようにたくさん、お与えくださるのですか」

といった。

すると道範は郡司のそばに近寄ってこういう。

「たいへん、いいにくいことですが、以前ここに泊まらせていただいたとき、非常に奇妙なことがございましたのは、どういうことなのでしょうか。とても気がかりなの

で、お訊《たず》ねするしだいです」

これを聞いた郡司は、贈り物をたくさん受け取ったので、隠すことなくありのままを道範に話した。

郡司は道範にこう語った。

「じつはわたしの若いころ、この信濃国の奥の郡《こおり》に年老いた郡司がいまして、その妻がたいそう若くて美しかったので、忍んで行って交わろうとしたところ、たちまち閑を失ってしまいました。それで不思議に思って、その年老いた郡司にむりやり頼み込んで、閑を失わせる術、妖術を習得いたしました。その妖術を、習得する意志がおありでしたら、今度くるときは、公物《くもつ》をたくさん揃えて来てください。早々と京に戻られて、もう一度、ここにおいでになってゆっくり術をお習いください」

これを聞いて道範は、もう一度戻ってくる約束をして京へ上《のぼ》り、陸奥の金《こがね》を朝廷に差し出すと暇《いとま》を申し出て、信濃国へ下った。

道範はそれ相応の贈り物を持って信濃国へ下ってきた。

その贈り物を与えられた郡司《こおりのつかさ》は大喜びし、知っているかぎりの術を教えようと思い、こういった。

「これは容易に習得できることではありません。七日間、しっかり精進《しょうじん》して、日ごとに水を浴びてよく身を清めて習得することなので、明日から精進を始めてください」

こうして道範《みちのり》は郡司のいうことに従って精進した。

その精進が期限に達する七日目の後夜《ごや》(午前四時ごろ)、郡司と道範はほかには誰も連れず奥深い山にわけ入り、大きな川の流れているあたりに行き着いた。そして普通では考えられない、こんなひどい願《がん》をかけた。

——長く三宝《さんぽう》(仏・法・僧)を信ぜず——

なんともいいようのない、仏教に背《そむ》く罪深い誓願《せいがん》を立てたのだった。

その後、郡司は道範に向かって、

「わたしは川上へ入っていきます。その川上から下って来るものが、鬼であれ神であれ、何でも近づいて抱きつきなさい」

そういい、川上へと入っていった。

少しの間《ま》があってから、川上のほうの空が曇って雷鳴がし、風が吹き、雨が降り、またたく間に川の水が増した。ちょっと川を見ている間に川上から、頭がひと抱えぐらいある蛇が下ってきた。

（……ッ）

その目はまるで鋺《かなまり》を入れたようでらんらんと光っている。頸《くび》の下は紅《くれない》の色をしており、頸の上はまるで濃い青色と緑青《ろくしょう》を塗ったようで、つやつや光って見える。

（むむ……）

今さっき郡司から、川上から来るものを抱けと教えられた道範だが、この蛇を見てこの上なく恐ろしくなり、叢《くさむら》の中に隠れ臥《ふ》してしまった。

しばらくすると郡司が現われて、

「どうして、抱かなかったのか」

と道範に聞いた。

道範はこう答えた。

「とても恐ろしく思えて、抱けなかった」

これを聞いて郡司は、

「はなはだ残念なことになりましたなあ。これでは、閇《まら》を失わせる術を習得するのは難しい。そうであっても今一度、試してみよう」

といい、再び川上へ入っていった。

少し経ってから川上のほうを見ると、牙《きば》をむき出している四尺（約一・二メートル）ほどの猪がいて、岩をばりばりと食い、ぴかぴかと火を出し、毛を逆立てて走りかかってきて食らいつきそうである。

この上なく怖かったけれど、もうおしまいだと思い切り、近づいて抱くと――。

（うん……ッ）

よく見ると、それは三尺（約九〇・九センチ）ほどの朽木《くちき》であった。このときに道範《みちのり》はこの上もなくいまいましく、悔しい思いをした。

（さっきの蛇も、このようなものであったのだろう）

どうして抱きつかなかったのだろう、などと思っていると郡司《こおりのつかさ》が現われた。

郡司が、

「どうであった」

と訊《たず》ねたので、道範は「こうこうして抱きついた」と答えた。

すると郡司は、こういった。

「前にいった�《まら》を失《な》くす術は習得できなくなりました。でも、何かをちょっとした物に変える術は習得できます。ですから、それをお教えいたします」

こうして道範は、妖術を習得して京へ帰ったのだった。

京へ戻った道範は内裏《だいり》へ参上し、滝口《たきぐち》の陣に入った。そして、侍《さむらい》たちの脱ぎ捨てている沓《くつ》を、賭けごとや争い沙汰をして、その結果、皆、犬の子に変えて地面に這《は》わせたりした。また、古い草履《ぞうり》を三尺ほどの鯉に変えてしまい、台盤《だいばん》（食べ物を載せる脚つきの台）の上で生きたまま躍《おど》らせるなどした。

やがて、この出来事を耳にした天皇は、道範を滝口の陣の西隣にある黒戸《くろど》の御所《ごしょ》に呼び出し、この妖術を学んだ。その後、天皇は几帳《きちょう》の横木の上を通り道に変えてしまい、そこに賀茂《かも》神社《じんじゃ》の祭（葵《あおい》祭）の供奉《ぐぶ》の人たちを渡すことなどをした。

ところが、世間の人々はこの出来事を受け入れなかった。その訳は、帝王の身でありながら三宝《さんぼう》に背《そむ》く妖術を習得してそういうことをしたからで、皆、天皇を非難した。取るに足りない身分の低い者でさえ三宝に背くことは罪深いことなのに、このようなことを天皇がしたのは、天皇は魔物にとり憑《つ》かれて気が変になられたからだった。

これは天狗《てんぐ》を祭って三宝をあなどったのであろう。六道《ろくどう》の中でも、人間界にはなかなかなか生まれ難い。仏の教えに対抗して争うことはもっと難しい。それなのに、まれに人間界に生まれて仏の教えに出遭えながら、その教えを棄《す》てて魔物の世界に赴《おもむ》こうとするのは、宝の山に入って手をムダに出し、石を抱いて深い淵《ふち》に入って命を失うようなものである。

だから決してこんな術は習ってはならないと、語り伝えているとか――。

＊

陽成天皇《ようぜいてんのう》は、第五十七代天皇（在位八七六〜八八四年）で、狂躁性《きょうそうせい》があり素行《そこう》に欠陥が少なくなかったので、十七歳で退位させられています。

金《こがね》は、産出された金《きん》のこと。

滝口《たきぐち》は、蔵人所《くろうどのところ》に属し宮中の警護に当たった武士のこと。滝口の侍《さむらい》。侍の詰め所が、滝の水の落ちるところ、すなわち「滝口」にあったのでこう呼びます。侍は、貴人のそばに仕えて雑用や警護をつとめる者。

陸奥国《みちのくのくに》は、東北地方（青森・岩手・宮城・福島県と秋田県の一部）のことです。

郡司《こおりのつかさ》は、郡の長官のこと。

几帳《きちょう》は、室内に立てて隔てとした調度の一つ。台の上に柱を二本立て、上に横木をつけて帷子《かたびら》（垂れ衣）をかけたものです。

厨子《ずし》は、両開きの扉をつけた置き戸棚で、文具・書物など身の回りの品を収納するためのもの。

空薫《そらだき》は、どこからとも知れず匂ってくるように香をたくことです。

閛《まら》は、当て字のようで、魔羅《まら》（摩羅）のことで、梵語《ぼんご》の「マーラ」を障碍《しょうがい》などと訳し、人の心を迷わし修行の妨げとなるものの意。それが僧侶の隠語で、男根をさすようになったようです。

公物《くもつ》は、公の物、官有物のことですが、ここでは黄金のことのようです。

三宝《さんぼう》は、仏とその教えである法と、その教えを広める僧の三つ（仏・法・僧）を、宝にたとえたものです。

鋺《かなまり》は、金属製の椀のこと。

一尺は、約三〇・三センチです。

滝口の陣は、侍の詰め所のことで、清涼殿《せいりょうでん》の北にありました。

沓《くつ》は、履物《はきもの》のことです。たいていは藁沓《わらぐつ》をはいていました。公卿《くぎょう》や殿上人《てんじょうびと》の衣《い》冠束《かんそく》帯《たい》用には、深沓《ふかぐつ》・浅沓《あさぐつ》・靴沓《かのくつ》などがあります。

黒戸《くろど》の御所《ごしょ》は、清涼殿の北廊で、滝口の戸の西にあった細長い部屋のこと。煙ですすけて黒くなっていたところからつけられたそうです。

供奉《ぐぶ》は、行幸《ぎょうこう》・祭礼などのお供をすること。また、その人たちのことです。

天狗《てんぐ》は、仏法に敵対する妖怪と考えられていました。深山幽谷《しんざんゆうこく》に住み、尼の姿や山伏・修験者の姿をとることもあったようです。しばしば人にとり憑き、死者の怨霊の化身であるとも考えられました。

六道《ろくどう》は、すべての衆生《しゅじょう》が生き死にをくり返す六つの世界（地獄道・餓鬼道《がきどう》・畜生《ちくしょう》道《どう》・修羅道《しゅらどう》・人間道・天道）のことです。

人間界は、十界（仏教でいう全世界を構成している十の世界＝仏界・菩薩界《ぼさつかい》・縁覚《えんがく》界《かい》・声聞界《しょうもんかい》・天上界・人間界・修羅界・畜生界・餓鬼界・地獄界）の一つで、人間の住む世界のことです。

まれに、というのは、仏教の世界では人は生き死にをくり返すとされていて、必ずしも人間界に生まれるとは限らないからです。

4　僧の閛《まら》（男根）を見て欲心《よくしん》をおこす蛇

（巻第二十九の第四十より）

今ではもう昔のことだが――。

高僧のもとに仕えている若い僧がいた。妻帯の僧である。

この若い僧が、高僧のお供で三井寺《みいでら》に出かけたときのこと、それは夏ごろのことだが、昼間に眠くなった。それで広い僧坊《そうぼう》にいた若い僧は、人気《ひとけ》のないところに寄って行き、長押《なげし》を枕にして寝てしまった。

よく寝入っていて、起こす人もいなかったので、長いあいだ眠っていた。

このとき僧はこんな夢を見た。美しい若い女が傍《かたわ》らに来て横になって寝た。それで、これ幸いと性交し、十分に射精した――。と思ったら、さっと目覚めたのだった。

それで傍らを見ると、

（ひゃ……ッ）

五尺（約一・五メートル）ほどの蛇がいる。若い僧は非常に驚きがばと跳ね起きて、

よく見ると、

（げ……）

蛇は口を開《あ》けて死んでいる。驚き、気味が悪くなってふと自分の前、陰部を見ると、

（む……ッ）

射精したあとのように濡れている。

（で、では……わたしが寝入っているときに美しい若い女と性交したと思ったのは、この蛇とだったのか）

そんな馬鹿な――。と、思うがはっきりしないので不安になり、開いた蛇の口を見ると、

（そ、そんな……ッ）

口から精液を吐き出している。

これを見て若い僧は、

（なんとまあ、わたしがよく寝入っているうちに、わたしの閇《まら》が起《た》ったのを蛇が見て、近づいて来て呑み込んだのを、わたしは女と性交したと思い、それでわたしが射精したとき、蛇も絶頂感を堪《こら》えられず、死んでしまったのだなあ）

と合点《がてん》したが、なんとも気味が悪くなって、そこから離れると、物陰で男根をよくよく洗った。洗いながら、

（この出来事を人に話そうか）

と思ったけれども、

（つまらないことを人に話して噂が広まったら、蛇と交わった僧だといわれるかもしれない……）

と思い直して、人に話すことはしなかった。

それでもやはり、この出来事が意外で気味の悪いことに思えたので、とうとうごく親しい仲間の僧に話したところ、その僧もひどく気味悪がり、ひどいことがあるかもしれないと、恐ろしがった。

そういうわけだから、人気《ひとけ》のないところで、一人で昼寝をするものではない。

けれども、この若い僧にその後、特別に変わったこと、病気など祟《たた》りはなかった。

「畜生《ちくしょう》は人の精液を受け入れると、堪えられず必ず死ぬものだ」というのは、本当であった。

若い僧もびくびくして、少しのあいだは病気にかかったような具合であった。

このことは、話して聞かせた仲間の僧が語ったのを聞いた者が、このように語り伝えているとか――。

＊

三井寺《みいでら》は、園城寺《おんじょうじ》の俗称で、大津市にある天台宗《てんだいしゅう》の寺です。

僧坊《そうぼう》は、寺院内の僧の住む建物のこと。

長押《なげし》は、柱と柱との間をつなぐ横材で、敷居の類《たぐい》です。

畜生《ちくしょう》は、人間以外の動物ということです。ちなみに巻第十四の第五は、男が行きずりの女と交わって、女が死んでしまう話なのですが、これも女が畜生（狐）だったと、あとでわかるのです。そして、やはり畜生は人の精液を受け入れると、堪《こら》えられずに死ぬというのは本当だったというフレーズが入っています。この蛇の前世《ぜんせ》は女で、死んで畜生道に堕《お》ちて蛇に生まれ変わったことを暗示しているのかもしれません。

5　女陰を見つめられて立ち上がれない女（巻第二十九の第三十九）

今ではもう昔のことだが――。

若い女がいた。

夏ごろ、女は近衛《このえ》の大路《おおじ》を西に向かって歩いていたが、小一条院《こいちじょういん》という、もとは藤原冬嗣《ふじわらのふゆつぐ》の邸宅だったが、今は宗像神社《むなかたじんじゃ》であるその北側を行くうち、尿意をもよおした。

（あらら……）

女はどうにも我慢がならなくなったのか、神社の築地塀《ついじべい》に向かって南向きにちょこんとしゃがんで用を足した。

このとき、女のお供をしていた女の童《めのわらわ》（召し使いの少女）は、女主人《おんなあるじ》の用足しが今にも終わって、もう立つか、もう立つかと思いながら大路に立って待っていた。

それは辰の時《たつのとき》（午前八時ごろ）のことであったが、だんだん時間が経って一時《ひととき》（約二時間）ほどになっても、女主人《おんなあるじ》はしゃがんだままで、立ち上がらなかった。

（はて……）

これはどうしたことかと女《め》の童《わらわ》は思い、

「もしもし……」

と呼びかけた。けれども女主人《おんなあるじ》は何もいわず、ただ同じ格好でしゃがんだままである。

（どうしたのかしら……）

と思っているうち、しだいに時間が経っていき、二時《ふたとき》ぐらいになると太陽も高くなって、もう正午になってしまった。

女の童が呼びかけても、女主人はどのようにも返事をしない。それで女の童はどうしたらいいのかわからなくなった。気《き》の利かない幼い童《わらわ》であったので、ただもう泣きじゃくるばかりであった。

そのときである。

馬に乗った男が従者《ずさ》をたくさん引き連れて、そこを通り過ぎようとした。

（おや……）

女の童が泣き騒いでいるのを馬上から目にとめた男は、

「あの童はどうして泣いているのか」

と、従者にわけを尋《たず》ねさせた。

女の童は泣きながら、「こうこうしかじかです」と答えた。それを、従者から聞かされると、男は土塀に向かってしゃがんでいる女を馬上から見やった。なるほど着物の中ほどを帯で結んで、市女笠《いちめがさ》をかぶった女が築地塀《ついじべい》に向かってうずくまった格好でいる。

「いつから、ああしているのだ」

と男が聞くと、女の童は「今朝からこうでして、もう二時《ふたとき》にもなります」といって泣いた。

（そんなに長く……）

男は怪訝《けげん》に思い、馬から下りると女に近づいてその顔を覗《のぞ》き込んだ。

（むむ……ッ）

女の顔色は死人のそれであった。

「これはどうしたことだ。病気になったのか。普段もこういうことがあったのか」

と、女に聞いた。

けれども女は何も答えない。代わりに女の童《めわらわ》が、「これまで、こういうことはありません」と答えた。

それで男は、見たところ女はまったくの下衆《げす》（身分の低い者）でもなさそうなので、気の毒に思って立たせようとしたが、少しも動かなかった。

そうこうしているうち、男はふと向かいの築地《ついじ》塀《べい》のほうを、思いがけず見やった。

（むむ、あれは……ッ）

築地塀の穴のあいたところから大きな蛇が頭を少し引っ込めるようにしながら、女を見つめている。男はとっさにこう合点《がてん》した。

（さてはこの蛇が用を足している女の秘所を見て欲情を起こし、とっさに女を見つめて犯し、とろかしたので、女は正気を失って立ち上がれないのであろう）

そこで男は、帯《お》びていた諸刃《もろは》の短刀のような刀を抜くと、蛇のいる築地塀の穴のほうに刀の刃を向けて、地面に強く突き立てた。

そして従者《ずさ》たちに命じて、女を掬《すく》い上げるように持ち上げさせて立たせ、築地塀の前から離れさせた。

そのときである。

（げッ……）

突然、蛇が築地塀の穴からまるで鉾《ほこ》を突き出すように飛び出てきた。けれども、その蛇身は地面に突き立てられた刀の刃《やいば》で二つに裂けた。

（……ッ）

一尺ほど裂けると、穴から出きらないうちに蛇は死んでしまった。

驚いたことに、蛇は女を見つめて犯し、正気を失わせていたのに、突然、女が築地塀から離れるのを見て、抜き身の短刀が立っているのもかまわず、穴から出ようとしたのだった。

まったく蛇の分別《ふんべつ》というのは驚きあきれはてるほどで、恐ろしいものだ。大路《おおじ》を行き交《か》う多くの人たちが集まって、その様子を見物したのも当然である。

さて、男は馬に乗って去って行った。従者は地面に立てた短刀を抜き取った。男は女を気づかい、従者に命じて女をしかと家まで送らせた。それで、蛇に見入られてとろかされ、立ち上がれなくなった女は、従者に手をとられながら、よろよろと重病人のように歩いて行った。

男はなんと愛情豊かな心の持ち主であることか。互いに見知らぬ者同士であるのに慈悲の心があったのだから。その後の女のことはわからない。

ところで、この出来事を聞いた世間の女は、突然尿意をもよおしたとき、そのような蛇のいそうな場所、たとえば藪《やぶ》などに向かって用を足すべきではない。

これは、この出来事を見物した者たちがしゃべったのを聞き継いで、このように語り伝えているとか――。

＊

近衛《このえ》の大路《おおじ》は、一条と二条の中間に位置する近衛御門大路《このえのみかどおおじ》のことです。

藤原冬嗣《ふじわらのふゆつぐ》は、四章の「雨宿りがもたらした一夜の契《ちぎ》り」を参照。

宗像神社《むなかたじんじゃ》は、小一条院の南西に祀《まつ》られていたそうです。京都御苑内に現存します。

築地塀《ついじべい》は、土をつき固めてつくり、瓦《かわら》などで屋根を葺《ふ》いた土塀《どべい》のことです。

市女笠《いちめがさ》は、菅《すげ》などで凸字形《とつじがた》に編《あ》み、漆《うるし》を塗った笠。もとは市で物を商《あきな》う女、市女《いちめ》が用いていましたが、平安中期以降、上流女性の外出用となっています。

この蛇は、前世《ぜんせ》では人間の男だったのかもしれません。死んで畜生道《ちくしょうどう》に堕《お》ちて蛇に生まれ変わったことを暗示しているのかもしれません。

鉾《ほこ》は、両刃《りょうば》（＝諸刃）の剣に長い柄をつけた武器。槍《やり》。

6　女の色仕掛けにはまる若い僧

（巻第十七の第三十三より）

今ではもう昔のことだが――。

比叡《ひえい》の山に若い僧がいた。出家してからというもの、学問する志はあるのだが、遊び呆けてばかりいて、学問するということがなかった。かろうじて法華経《ほけきよう》だけは学んでいたのは、やはり学問する志があったからで、いつも法輪寺《ほうりんじ》に詣《もう》でては虚空蔵菩薩《こくうぞうぼさつ》にお祈りしていた。

けれども、思い立って学問することもなかったので、何も知らない無学の僧でとおっていた。

それを嘆《なげ》き悲しんで、若い僧は九月（旧暦）ごろ、いつものように法輪寺に詣でた。すぐに帰るつもりでいたが、寺の知り合いの僧たちと雑談するうちに、だんだん日が暮れて夕方になってしまった。それであわてて帰路についたが、西の京（右京）あたりで日が暮れてしまった。

(これはいかん……)

闇の中に置き去りにされたような状態である。比叡《ひえい》まではまだかなり距離がある。そこで近くの知人の家を訪《たず》ねてみたが、主人《あるじ》は田舎に行っていて不在で、留守居の下《しも》女《おんな》(下働きの女)しかいない。だから、また別の知り合いを訪ねてみようと歩いていると、唐門構《からもんがま》えの家があり、その家の門の前に、袙《あこめ》を重ねて着ている美しい少女が立っていた。

その少女に近寄って、

「比叡から法輪寺に詣《もう》でて帰る途中なのですが、日が暮れてしまい、今夜ひと晩、このお屋敷に泊めていただけませんか」

と、聞いてみた。

すると少女は、

「このまま少々、お待ちになっていてください。主人《あるじ》にお頼み申してきますので」

といって門の中へ入ったが、すぐに出てきてこういった。

「とてもお安いこと、と申しております。さあ、お入りください」

これを聞いて若い僧は喜んで門をくぐった。そして、母屋《もや》ではなく放出《はなちいで》(客間)のほうへ案内され、燭台《しょくだい》に火が灯《とも》された。

見ると、丈《たけ》の高い四尺の美しい屏風《びょうぶ》が立てられている。畳は高麗端《こうらいべり》（畳のへりの一種）のものが二、三帖ばかり敷かれている。そこへ衵《あこめ》に袴《はかま》を着けた、さっきの美しい少女が、食べ物を高坏《たかつき》（高い脚のついた食器）に載せて持ってきた。

（こ、これはすごい……）

若い僧は酒なども呑んで、みなたいらげた。そして手を洗っていると、母屋のほうから遣《や》り戸《ど》（引き戸）が開けられ、部屋の仕切りの几帳《きちょう》が立てられた。その几帳の陰から美しい女の声で、

「まあ、どのようなお人が、この部屋に入っておられるのでしょうか」

と訊《たず》ねるので、

（むむ……女主人《おんなあるじ》なのか）

と思いながら若い僧は仕切りの几帳越しに、かくかくしかじかで泊めていただきたいと答えた。

すると、

「いつも法輪寺に参詣《さんけい》されるのなら、そのおついでにいつでもここにお立ち寄りくだ

さいな」

という声がし、引き戸が閉じられた。

けれども几帳《きちょう》の横木がつかえて、引き戸はきちんと閉まらなかった。


その後、しだいに夜が更《ふ》けて――。

若い僧は寝つかれず、外へ出かけた。家の中心となる正殿《せいでん》の正面の蔀《しとみ》の前をぶらついていると、蔀に小さな穴を見つけた。

（おや……こんなところに）

と、若い僧は近寄って穴を覗《のぞ》いてみた。すると――。

部屋には主人《あるじ》と思われる女がいる。女は丈《たけ》の短い燭台《しょくだい》をそばにおいて、草紙《そうし》を見ながら横になっている。年のころ二十歳ばかりである。整っていて美しい容姿の上、この上ない威厳がある。着ているのは秋物の襲《かさね》で、表の色は薄紫、裏は青のものである。髪は、衣《きぬ》（着物）の裾《すそ》に達するほど長い。

その女の前にある几帳の後ろに、女房《にょうぼう》が二人ほど寝ている。そこから離れたところに女の童《めわらわ》（少女の召し使い）が一人で寝ている。これはさっき食事を持って来てくれた少女であろう。

　この部屋の飾りつけがすばらしい。棚が二段ある厨子《ずし》には、蒔絵《まきえ》の櫛《くし》の箱（化粧箱）や硯《すずり》の箱などが置いてある。香《こう》を焚《た》く炉《ろ》で空薫《そらだき》しているのだろう、香ばしい匂いがただよっている。

（ああ、なんていい匂いなんだろう……）

　若い僧は、この女主人《おんなあるじ》を見ているうち、すべてのことを忘れてしまった。そしてうっとりしながら、

（わたしは、いかなる前世《ぜんせ》の定めがあってこの家に泊まり、この美しい女《ひと》を見つけることになったのだろう）

と、うれしく思った。そう思うと、前世《ぜんせ》の因縁《いんねん》を確かめたくなり、思いを遂《と》げずにはこの世に生まれてきた甲斐がないとまで思った。

　この夜——。

　家の者たちが皆、寝静まったころ、女も寝ているだろうと思い、若い僧は几帳の横木がつかえてきちんと閉まらなかった引き戸を開けると、そっと足を抜くように上げ

て音を立てないように母屋《もや》の女の寝所《しんじょ》（閨《ねや》）へ這入《はい》った。そして女の傍《かたわ》らに添い寝するように横になった。

（……）

女はよく寝入っていたので少しも気づかない。女から匂う香ばしさがなんともいえない。

若い僧は、女が目をさまして騒ぐと思うと、やりきれない思いがした。それで、心の中でひたすら仏に祈りながら、女の胸元の衣《きぬ》を引き開けて、その胸に顔を圧《お》しあてようとした。

その瞬間、

（……ッ）

女は驚いて目をさまし、

「まあ、どなた」

といって胸元を掻《か》き合わせる。それで若い僧が、かくかくしかじかと答えると、

「尊いお坊さんだと思ったからこそ、宿をお貸ししたのに、こういうことをなさろうとするなんて、とても残念です」

そう、女はいった。なおも若い僧は女に寄りついて抱こうとするが、女は衣を身にまとって肌を許そうとしない。

そういうわけで、この期に及んで思いを遂《と》げられない若い僧はこの上もなく苦しみ、悶《もだ》えた。

けれども、人に知られるのが恥ずかしいので、むりやり力ずくで女を従わせようとはしない。そんな若い僧に向かって女はこういう。

「わたくしは、あなたのいうことに従わないというわけではありません。わたくしの夫であった人が、去年の春に亡くなったので、その後は求婚してくる男《ひと》がたくさんいましたが、たいしたことのない男とは結婚しないと決心し、このように独り身《ひとみ》でいるのです。しかし、あなたのような僧となら、かえって敬い慕《した》う生活をしたいのです。ですから、お断り申し上げるわけではないのですが、あなたは法華経《ほけきょう》を暗誦《あんしょう》できますか。暗誦の声は敬うべきものです。もし暗誦できるならば、他人には経典を尊んでいるように思わせて、こっそりあなたと契《ちぎ》りを交《か》わそうと思いますが、どうですか」

（むむ……）

遊び呆けてばかりいた若い僧はこういう。

「法華経《ほけきょう》は学びましたが、まだ暗誦《あんしょう》はできません」

それを聞いて女は、

「法華経の暗誦は難しいことですか」

と聞き返した。

若い僧はこう答えた。

「どうして暗誦できないことがあるでしょうか。けれども自分でいうのもなんですが、遊び呆けてばかりいて、暗誦できるまでになっていません」

すると、女は即座にこういった。

「すぐさま比叡《ひえい》に帰って、暗誦できるよう法華経を学んでからおいでなさい。暗誦できるようになったとき、人目を避けてこっそり、あなたの望みどおり契《ちぎ》りを交《か》わそうと思います」

これを聞いて、女と交わりたいというひたすらな欲情も治まり、夜もだんだん明けてきたので、若い僧は、「それでは」といって、ひそかに女の閨《ねや》から離れた。

女は、若い僧に朝食を食べさせてから帰らせた。

その後──。

比叡《ひえい》へ帰った若い僧は、女の顔つきや容姿が思い出されて一瞬たりとも忘れることができず、気にかかる。

（なんとか早く法華経を暗誦できるようになってあそこへ行き、思いを遂《と》げたい……）

と思うがゆえに、奮起して暗誦をくり返した結果、二十日ほどですっかり暗誦できるようになった。この間《かん》、片時も女のことを忘れることがなかったので、いつも文《ふみ》（手紙）を遣《や》った。その返事が来るごとに、一緒に帷子《かたびら》（垂《た》れ衣《ぎぬ》）の布や干飯《ほしいい》などの入った餌袋《えぶくろ》が届いた。むろん、女の心づくしである。だから若い僧は、女が自分を本当にあてにしていると思い、この上もなくうれしかった。

ついに法華経をすべて暗誦できるようになったので、僧はいつものことのように法輪寺に詣《もう》でた。その帰り道、以前のようにあの家に行くと、前と同じように放出《はなちいで》（客間）に通され、食事などを世話してくれた。女主人《おんなあるじ》に仕える女房《にょうぼう》などを相手に雑談や世間話などをしていたが、夜もしだいに更《ふ》けてくると、女房らは奥に引っ込んだ。

若い僧は一人残されたので、手を洗って法華経を暗誦していた。その声は朗々として、とても尊げである。けれども女のことが気がかりで、心の底では経《きよう》を誦《ず》するどころではない。

やがて真夜中になると、女房など皆、寝静まった様子である。

そこで若い僧は以前のように引き戸を開けて、そっと足を抜くように上げて、音を立てないように母屋《もや》の女の閨《ねや》へ忍んで行ったが、まったく誰にも気づかれなかった。

閨へ這入《はい》ると、褥《しとね》に寝ている女に添い寝をするように横になる。

と、

（……ッ）

女はたちまち目をさました。

とっさに若い僧はこう思う。

（わたしをあてにして、待っていたのだ……）

そう思うとこの上もなくうれしくなり、女の胸元に手を入れようとした。

そのときである。

女は突然、褥から半身を起こしてすばやく衣《きぬ》を身にまとい、若い僧の手を胸元に入れさせなかった。

（うん……ッ）

うろたえる若い僧に、女は抑えていた息を吐くかのようにしてから、

「……わたくし、あなたに聞かなければならないことがあります。ですから、それをはっきり聞いてからにしましょう。わたくしが考えますに——」

といい、こう話し出した。

「あなたはたしかに法華経を暗誦《あんしょう》されましたが、それだけを理由にあなたと交わり、馴《な》れ親しくなって、お互い別れにくく思えば、世間の目もはばからない振る舞いに及ぶことでしょう。わたくしとすれば、普通のどっちつかずの俗人の男より、あなたのような人の伴侶になるほうがうれしいことはもちろんですが、そうかといって、法華経を上手に読むだけを、たいしたことだと思っているような人の妻になるのは情けないことです……」

そういい、さらにこう続けた。

「いっそのこと、正式の修行を積んだ学僧になってくださいませんか。そうなって、高貴の方々の学僧としてここから出仕《しゅっし》するあなたのお世話を、わたくしが妻としてするというのがよいのではないでしょうか。ただ法華経を誦するのが上手だというばか

りで、出仕《しゅつし》もせずに、家に閉じ込もっているのはあってはならないことです。このようにあなたがわたくしをおそばにおいてくれるのもうれしいのですが、いっそのこと、そのようにしてご一緒に暮らしてくれないかと思うのです。本当にわたくしのことをいとおしく思ってくださるなら、三年ぐらい山に籠《こも》って日夜学問をして、学僧になってくださいまし。そのときにこそ、あなたと夫婦の交わりをすることにいたしましょう」

そういい、最後にこういった。

「そうでない限りは、たとえ殺されても、あなたのお言葉にわたくしは従うことはできません。山に籠って修行するあいだも、いつも互いに文《ふみ》を交わし合いましょう。また、暮らしにお困りになるようなことがおありでしたら、いつでもお世話申します」

（……）

黙って女の話を聞いていた若い僧は、

（なるほど、それもそうだ。こうまでいう女《ひと》に、思いやりもなく強引な振る舞いをするのも気の毒だ。また、暮らしに困っても、この女の仕送りを受けて出世するのも悪くない）

と思い、何度もくり返し約束を交《か》わしてから女の閨《ねや》を出た。

やがて夜が明けると、朝の食事をしてから若い僧は比叡《ひえい》の山に帰って行った。

その後——。

比叡に帰った若い僧はすぐさま学問を始め、日夜、怠らなかった。

あの女《ひと》に会いたいと思う心の底からの恋情は、頭上の火を払い除くがごとく寸時を争う緊急事態に思われ、一心不乱に学問をした。

そのうち二年ほど経つと、早くも学僧になることができた。もともと賢くて物分かりが早かったので、こんなに早くなれたのである。

三年も経つと、本当に並々ならぬ最高の学僧に成長し、この上なく誉《ほ》められた。そして、同年輩の年頃の学僧の中にはこの人よりすぐれて優秀な学僧はいないと、比叡山上にその名をとどろかした。

そういうわけで、いつしか三年が経ったが、このように山に籠っているあいだも、女から絶えず便りがあった。だから、それをよりどころとして心静かに学問に打ち込んだが、三年も過ぎると、学僧になることができたので、女に会いたい一心から、例のごとく法輪寺に詣《もう》でた。

その帰りの夕暮れどき――。

若い僧は女の家に寄った。前もって参詣《さんけい》すると伝えてあったので、いつもの放出《はなちいで》(客間)のほうに通された。そこに坐って母屋《もや》との仕切りの几帳《きちょう》越しに、ここ数年の気がかりだったことなどを尋《たず》ねたりした。むろん女房《にょうぼう》があいだに立って取り次ぎをする。女は、二人がこんなに親しい仲になっていることをほかの者には隠しているので、女房を通じて、

「このようにたびたびお立ち寄りなさるのに、じかに話さないのでは、きっと疑わしくお思いになることでしょうから、このたびはじかにお話ししましょう」

といわせた。

それを聞いた若い僧は、

(なんと、じかに話すだって……ッ)

とうれしい胸騒ぎを覚えて、

「はい、承知いたしました」

と言葉少なに取り次ぎの女房に答えた。

すると、

「こちらへお入りください」

というので、喜びながら南面《みなみおもて》（南向きの寝殿《しんでん》）の母屋に入ると――。

褥《しとね》に臥《ふ》している女の枕もとの几帳のわきに、こざっぱりとした美しい畳が敷いてあり、その上に円座《えんざ》が置かれていた。屛風《びょうぶ》の後ろに、向こう向きに灯台《とうだい》（灯明台《とうみょうだい》）を立てて、室内を薄暗くしている。女房の一人ぐらいが屛風の後ろにいる気配である。

若い僧が円座の前に腰をおろすと、女は起き上がって几帳越しにこういった。

「何年分も尋《たず》ねたいことがたまっています。さて、学僧にはおなりになれましたか」

そう尋ねる女の声は魅力的で愛くるしい。これを聞いた若い僧は気持ちの置きどころがなくなり、おのずと体が震えてきて、震えながらこう答えた。

「すらすらとは捗《はかど》りませんでしたが、法華三十講などに出まして、とても誉《ほ》められました」

「まあ、それはこの上もなく喜ばしいことです」

そういうと女は、

「では、疑問に思っていることなどをお聞きしましょう。このようなことをお尋ねするのは法師だからこそとお思いくださいな。単に法華経だけを誦《ず》する人では、なにも尋《たず》ねようとは思いませんからね」

といい、法華経の序品《じょぼん》から始めて、はっきりしないことがあってなかなか答えにくいところなどを、問いただす。若い僧は学んだことに従って答える。そのことに関連させて、いっそう難しい質問をする。若い僧は自分で考えながら答え、あるいは昔の先学が説いたとおりに答える。

やがて女は、

(まあ……ッ)

と感心し、

「この上なく尊い学僧におなりになりました。この二、三年でよくもまあ、これほどにおなりになれたものです。きっとあなたは非常に賢くて、物分りが早い人だからでしょうね」

そういって若い僧を誉《ほ》めた。

若い僧は内心、

(女の身といえども、こんなに仏道を理解している、思ってもみなかったことだ。親

密な関係になって語り合うにも、とてもいいことだ。だからこそ学問をすすめたのだろうか）

などと思いながら、女といろいろ話しているうち、夜も更《ふ》けた。

そこで若い僧は――。

女の枕もとの几帳《きちょう》の、柔らかな垂《た》れ衣《ぎぬ》を掻《か》き上げてすっと中へ入っていった。

女は何もいわずに褥《しとね》に横になった。

（やや……ッ）

若い僧はうれしくなって女のそばに添《そ》い臥《ふ》した。

すると女は、

「少しのあいだ、このままでいてくださいな」

といって手だけを互いに取り合った状態で、横になったままいろいろ話しているうち、若い僧は今日一日、歩きどおしでくたびれていたので気がゆるんでしまい、寝入ってしまった――。

そのうちはっとして目をさました若い僧は、

（よく眠ってしまった……）

そう思い、

（わたしは、自分の思いを遂《と》げたいという気持ちを、あの女《ひと》にまだいってなかった）

と気がつき、すっかり目がさめた。

そのさめた目が見たものは――。

（うん……）

よく見ると、周囲は生《お》い茂《しげ》った薄《すすき》に囲まれている。しかも、その生い茂った薄を横ざまに臥《ふ》せて、その上に寝ている自分がいる。

（はて……）

これはおかしいと思い、頭を持ち上げて見回すと、どこともわからない野原の中で、人っ子一人いない。自分一人だけで横になっている。

（……ッ）

ぞっとして恐ろしいことときわまりない。起き上がってみると、わきに衣《きぬ》（着物）なども脱ぎ散らかしてある。その衣を搔《か》き抱いて、しばらく立ったまま周囲をよく見回していると、嵯峨野《さがの》の東あたりの野原の中で寝ていたことがわかった。

不思議なことときわまりない。これは明け方の月が明るい三月（旧暦）ごろの出来事なので、野外はとても寒い。体が自然に震えてきて、まったく気持ちがしっかりしない。実際に行くべき方向さえわからず、

（ここから法輪寺は近いはず……。そこへ行って夜を明かそう）

そう考えて走り出した。梅津《うめづ》（右京区梅津）に出ると、桂川《かつらがわ》の水に腰までつかり、なんとかこらえて渡った。そして震えながら法輪寺に行き着くと、御堂《みどう》に入って虚空《こくう》蔵菩薩《ぞうぼさつ》の前にひれ伏し、

「このようなひどく恐ろしい目に遭《あ》いました。お助けください」

と祈って、そのままひれ伏しているうち、寝入ってしまった。

若い僧は夢を見ていた——。

帳《とばり》の中から、頭を青々と剃《そ》った姿かたちの美しい小僧が出て来て、傍《かたわ》らで虚空蔵菩薩の言葉をこう告げた。

「今宵《こよい》、汝《なんじ》がだまされたのは狐・狸などの獣《けもの》にだまされたのではない。我がだましたのである。汝、賢くて物分かりが早いといえども、遊び呆けて学問をせず、学僧になれなかった。けれども、それを汝は当然のことと思わず、いつも我がもとに来て、才《ざえ》

（学問）をつけ、智《さとり》があるようにとせがんだ。そこで我は、どうすべきか考えめぐらすうち、汝《なんじ》はずいぶん女人に関心が強いので、ならばそれにかこつけて悟りを得ることをすすめようと思い立ち、だました。それゆえ汝は何も恐れることなく、すぐさま比叡《ひえい》に帰っていっそう仏道を学び、決して怠ってはならない」

これを聞き終えたとたん、夢からさめたのだった。

（そうか……だから虚《こ》空蔵《くうぞう》菩《ぼ》薩《さつ》がわたしを助けようと、数年来もあの女の姿に変じて、わたしをだましていたのか）

と気づき、若い僧は恥ずかしいやら悲しいやら心が痛むことときわまりない。

涙を流して後悔した若い僧は、夜が明けると比叡に帰り、ますます心をつくして学問をし、本当に尊い学僧となった。

虚空蔵菩薩の謀《はかりごと》であるので、まさしく心配りの行き届いたことであった。虚空蔵菩薩経を見ると、

『我を頼みにする人の命が終わるときに臨《のぞ》んで、病《やまい》に苦しめられて目も見えず、耳も聞こえなくなり、仏を念じることができなくなったそのときには、我はその人の父

法華経を学んでから
おいでなさい

母・妻子となって（変じて）、きちんと正しくその人のそばに座って念仏をすすめよう』

と、説かれている。だから虚空蔵菩薩《こくうぞうぼさつ》はあの僧が好む女の姿に変じて、学問をすすめたのである。虚空蔵菩薩経の文章と少しも違っていないので、尊く心を打たれるのである。

この話は、かの僧自身がたしかに語り伝えているとか――。

＊

比叡《ひえい》の山は、比叡山延暦寺《えんりやくじ》のことです。

法輪寺《ほうりんじ》は、京都市西京区に現存しています。

虚空蔵菩薩《こくうぞうぼさつ》は、智恵・功徳《くどく》を虚空のように無限に持っていて、衆生《しゆじよう》（人々）の望みに応じて分け与える菩薩のことです。

唐門《からもん》は、唐破風《からはふ》形の屋根を持つ門のこと。破風とは、屋根の切り妻にある合掌形《がつしようがた》の装飾板のことで、唐破風は中央部が弓形で、左右両端が反《そ》り返った曲線状の破風。門や玄関・神社の屋根や軒先などに用います。

袙《あこめ》は、汗衫《かざみ》（正装用の表着《うわぎ》）と単《ひとえ》の間に何枚も重ねて着る、童女の中着《なかぎ》。

母屋《もや》は、寝殿造《しんでんづく》りの家屋の中で中心となる部屋。

高麗端《こうらいべり》は、白地の綾に雲形・菊花などの紋様を黒く織り出した畳の端《へり》（縁《へり》）の一種です。

放出《はなちいで》は、母屋から続けて外へ建て増しした建物で、遣《や》り戸《ど》や障子などで仕切って客間などに使用したようです（諸説あり）。

几帳《きちょう》は、室内に立てて部屋の仕切りとする道具です。台の上に柱を二本立てて、上に横木をつけて帷子《かたびら》（垂《た》れ衣《ぎぬ》）をかけたもの。

蔀《しとみ》は、格子《こうし》組みの裏に板を張って日光をさえぎったり、風雨を防いだりする雨戸の類《たぐい》です。

厨子《ずし》は、両開きの扉をつけた置き戸棚で、文具・書物など身の回りの品を収納するためのものです。

空薫《そらだき》は、どこからともなく匂ってくるように香を焚くことです。

餌袋《えぶくろ》は、本来は鷹狩《たかが》りに鷹の餌《えさ》を入れて持っていく容器でしたが、のちに外出のときに弁当などを入れるのにも用いました。

南面《みなみおもて》は、南向きの寝殿（正殿）ですが、その寝殿の中心となる部屋が母屋です。

円座《えんざ》は、藁《わら》や菅《すげ》で編《あ》んだ丸い敷物です。わろうだ、とも。

灯台《とうだい》（灯明台《とうみょうだい》）は、室内照明具の一つで、上に油皿を置いて灯心を立て、火を灯《とも》す台です。

法師は、仏教によく通じて、その教えを導く者となる人のことです。

序品《じょぼん》は、法華経《ほけきょう》二十八品中の第一品のこと。品《ほん》は、仏典の中の章・節に当たるものです。

嵯峨野《さがの》は、京都市右京区、桂川の北部一帯です。ちなみに法輪寺は西京区です。

帳《とばり》は、室内の仕切りや外界との隔てに鴨居《かもい》から垂《た》れ下げる布。垂《た》れ衣《ぎぬ》のことです。

虚空蔵菩薩経《こくうぞうぼさつきょう》は、虚空蔵菩薩が衆生《しゅじょう》を救うべき願いをかなえることを説く経典のことです。

六章

神秘・奇怪千万

——俗世間の不思議な話

1 同じ悪夢を見る旅先の夫と留守居の妻（巻第三十一の第九より）

今ではもう昔のことだが――。

常澄安永《つねずみのやすなが》という者がいた。安永は、惟孝親王《これたかしんのう》といわれた宮様の家の、家政の事務をつかさどる家司《けいし》の下役に就いている。

その安永が、朝廷から親王家に与えられる封戸《ふご》（租税《そぜい》＝俸禄《ほうろく》）を徴収するために、遠く上野国《こうずけのくに》（群馬県全域）へ出かけることとなった。

さて、その地で幾月かを過ごして徴収の役目も終わり、今は京へ戻る途中――。

安永は美濃国《みののくに》（岐阜県の中部・南部）の不破関《ふわのせき》の番小屋を、一夜の宿とした。京はもう遠くない。その京には安永の年若い妻が待っている。その妻のことが、上野国へ旅立ったときから数カ月このかたずっと、とても心配でならなかったのだが、不破関に宿をとると、不意にわけもなくひどく恋しくなり、急に会いたくなった。

（いったい、どういうわけなのだろう……。夜が明けしだい大急ぎで京へ戻ろう）

そう安永は思い、関所の番小屋で横になっているうち、いつしか寝入ってしまった。

このとき、安永は夢を見ていた。それによると――。

京の方角から、夜道を、火を灯《とも》して歩いて来る者を見た。その者は、髻《もとどり》を結《ゆ》わず烏《え》帽子《ぼし》を着けていない少年とも思われる若い男で、女を連れている。

（はて、どういう者たちなのだろう）

と思って見ていると、その二人は安永が臥《ふ》している番小屋の脇にまでやって来た。

それで男が連れている女を見ると、

（な、なんと……ッ）

京にいるはずの、安永がずっと気がかりでならなかった妻である。

（これはどうしたことだ……ッ）

と仰天しているうち、二人は安永が臥している小屋の、壁を隔てた向こう側に入って腰をおろした。それで安永は壁にあいている穴から隣を覗《のぞ》いて見ると――。

若い男は安永の妻に寄り添って坐っていたが、突然、鍋を手に取って引き寄せ、飯《いい》（ごはん）を炊くと、ともに食べ出した。いわゆる共食《きょうしょく》で、二人はきわめて親しい関係にあることを示した。

（さては……ッ）

自分がいないあいだにこの若い男と夫婦になったのか――。そう思うと、安永《やすなが》はひどく悔しいやら悲しいやらで、心中穏やかでなかった。

けれども、

（ええい、ままよ、なるようになれッ）

と思い目を凝《こ》らして見ていると、

（むむ……ッ）

二人は食事を終えるや、互いに抱き合ったまま横になった。そして安永が息を詰めて見守るうちに、交わった。

（な、なんてことだッ）

目の前の光景に、安永はたちまち憎悪の念を抱き、その場へ躍り込んだ。

（やや……ッ）

見れば、火もなければ、人も見えない――。と、思っているうちに夢から醒《さ》めたのだった。

（なんと、夢だったのか）

と気づいたが、夢は吉凶の予兆と見なされているので、

（京で、何事かが起こっているのではないか……）

といっそう気がかりになり、横になっていたがなかなか眠れない。

そのうちに夜が明けてきたので急いで出立し、昼夜の別なく京への道を急いだ。

京へ入ってわが家へ急行すると――。

妻は、夫の顔を見るなり笑みをこぼした。その妻を見てほっとする夫に、妻はこういった。

「昨晩に見た夢なのですけど、ここに知らない若い男が来て、わたくしを誘ってどこともわからないところへ連れ出したのです。それで夜になると火を灯《とも》し、がらんどうの建物の中に入って飯《いい》を炊き、その男と二人で食べたのです」

（なんだって……ッ）

夫はうろたえた。自分が夕べ見た夢と同じだったからだ。驚く夫に、妻はさらにこういう。

「そのあと、一緒に布団に入って寝たところに、突然、あなたが現われたので、男も

わたくしも大騒ぎすると思っていると、夢から醒《さ》めたんです。それで、こんな夢を見るなんてと、あなたのことが心配でならず、気にかかっていたところ、このように無事にお帰りになられたので」

こんなうれしいことはございません——。と、いってにっこりする妻に、夫は自分も夕べ同じ夢を見たことを打ち明け、気がかりだったので、昼夜の別なく道を急いできたのだと打ち明けた。

これを聞いた妻も、

「まあ……ッ」

と驚き、不思議なことだと思った。

この出来事だが、妻も夫も同時に同じ内容の夢を見るというのはまことに珍しいことである。これは、お互いに相手をひどく心配して、それで同じ夢を見るのだろう。思いが高じると、霊魂《れいこん》は体から遊離《ゆうり》するといわれているので、あまりの恋しさから霊魂が遊離し、相手のところへ霊魂（生霊《いきりょう》）が現われ、互いに見えたのかもしれない。納得のゆかないことである。

したがって、旅などに出かけても、たとえ妻子であっても心配しすぎてはいけない。夢を見るのは、心配しすぎるとひどく精神をすり減らして疲れるからであると、語り伝えているとか——。

＊

封戸《ふご》は、朝廷から上流貴族に位階により与えられた一定数の民戸《みんこ》（農民や手工業者）。その民戸からの租《そ》の半分（のちに全部）、庸《よう》・調《ちょう》の全部を収入とさせました。いわば俸禄《ほうろく》です。

共食《きょうしょく》は、『古事記』にあるように同じ火で煮炊《にた》きした同じ食物を食べ合うことで、精神的・肉体的連帯を強めようとするものです。神祭りのあと、お供え物を参加者が分かち飲食する直会《なおらい》もこれに相当します。

霊魂《れいこん》は、生霊《いきりょう》のことですが、あまりの恋しさに夫の霊魂が妻のもとに、妻の霊魂が夫のもとに行き、それが互いの夢の中で配偶者の姿として見えたということのようです。夢を見るのは、「夢は五臓《ごぞう》の患《わずら》い」といい、内臓が疲れている証拠だといわれます。あまり心配しすぎると、精神をすり減らして疲れてしまい、その結果、夢を見てしまうから、あまり心配してはいけないということのようです。

2 福運をついに得る貧しい女

（巻第十六の第三十三より）

今ではもう昔のことだが――。

京に住んでいた若い女は貧しくて、暮らしを立てていくすべもなかった。それでここ数年、女は清水寺《きよみずでら》（京都市東山区）に詣《もう》で、祈願をくり返していたが、少しのご利《り》益《やく》もなかった。

そこである日――。

女はいつものように詣でると、寺に籠《こも》って観音さまにこう祈願した。

（わたくしはここ数年、観音さまを頼りに熱心にお参りしてきたけれどもご利益なく、身貧しくて少しも経済的に頼りとするものがありません。たとえ前世《ぜんせ》の宿業《しゅくごう》でありましても、なんとか、いささかなりともご利益を授からせていただけないでしょうか）

うつむいてそう祈願しているうち、女は寝入ってしまった。このとき女は夢を見たという。それによれば、御帳《みちょう》の内側から尊く気高い僧が現われて、こういった。

「汝《なんじ》がここから京に戻る途中で、汝に話しかけてくる男があるだろう。迷わず、その男のいうことに従うがいい」

（うん……ッ）

と女が思ったとき、夢から醒《さ》めていた。

その後、女は礼拝して深夜ただ一人、急いで清水寺を出て家路についたが、いっこうに人に会うこともなかった。

ところが大門の前まで来ると、

（おや……）

大門の前に一人の男がいる。暗いので誰ともわからない。男は近寄ってくると、こういった。

「仔細《しさい》もありますから、あなたは、わたしのいうことに従いなさい」

（……ッ）

女は夢のお告げをあてにしていたし、また女の一人歩きで逃げることもままならないし、夜ということもあり、

「どこにお住まいの方ですか。お名前は、何とおっしゃるのですか。いきなり取りと

めのないお話をされても、あまりに心細くて」

といい、どこの誰ともわからない男に声をかけられて呆然としている様子。

そんな女を、男は自分のほうへ引き寄せると、ただもう引っ張って東のほうへ連れて行き、八坂寺《やさかでら》の境内に入った。そして塔の中に女を引き入れると、一緒に横になって寝た。

女は夢のお告げどおり、男のいうままに従い、体を開いた。


夜が明けると――。

男は、

「前世《ぜんせ》からの深い因縁《いんねん》があってこういう間柄になったのだろう。これからはもう、ここにいてほしい。わたしは、面倒を見てくれる人もいない身の上、これからはあなたを妻と頼んで暮らしましょう」

そういい、部屋の間仕切り《まじき》の向こう側から非常に美しい綾《あや》を十疋《じっぴき》・絹を十疋、それに綿などを取り出してくると、女に与えた。

（まあ……ッ）

と女は目を見張りながら、こう答えた。

「わたくしにも頼みとする人がおりませんので、あなたさまのおっしゃることがまことでありますなら、おっしゃるままになりましょう」

するど男は、

「よかろう。わたしはこれからちょっと用足しに出かけてくるが、夕方には帰ってきます。あなたは間違いなくここにいてください」

といい置き、出かけていった。

塔の中を見回すと、部屋の間仕切りの向こう側に老いた尼僧が一人いるだけで、ほかに誰もいない。老いた尼僧がこの塔を住処《すみか》としているのをきわめて怪訝《けげん》に思い、仕切りの向こうのほうへ行ってみると、たくさんの財《たから》（貴重なもの）がある。世間にある財はすべてある。

（まあ……これはきっと）

盗人に違いない。おおっぴらに住めなくて、この塔の中に潜《ひそ》んでいるんだ――。

そう合点《がてん》し、女は恐ろしくてたまらない。体に震えが来る。

（観音さま、どうかお助けくださいまし……）

と手を合わせ、心を込めて念じた。

ふと見ると、老いた尼僧が戸を細めに開けて外の様子をうかがっている。

(はて……)

何を見ているのかと見守っていると、尼僧は外に人が誰もいない隙《すき》を見計らって、桶《おけ》を頭に載《の》せて出て行った。水汲みに行くように見える。

(そうだ……ッ)

というかのように女は、

(あの尼さんが戻って来ないうちに、ここから出て逃げよう)

と思いつき、ただちに男からもらった綾《あや》や絹などを懐《ふところ》に差し入れて外に出ると、走るように逃げ出した。

老いた尼僧が戻ってくると、女がいない。逃げてしまったと気がついたが、追いかけるすべもないので、そのままになった。

八坂寺の境内の塔から逃げ出した女は、京の町へ向かったが、男からもらった盗品らしき綾や絹などを懐に差し入れたまま歩くのは、はばかられた。それで、京の町の入り口にあたる五条京極《ごじょうきょうごく》あたりにちょっと知っている人の家があったので、そこに立ち寄って休んでいた。

するとと京の町のある西のほうから、なにやら人がたくさん通り、

「盗人を捕らえて行くぞ」

といい合っているので、女は戸の隙間《すきま》からそっと外を覗《のぞ》いてみると、

(あ、あれは……ッ)

検非違使庁《けびいしちょう》の下級役人たちが捕らえて連行していく男は、自分と寝た男であった。

これを見るなり女は驚き、心臓がとまりそうになった。

早くに女が気がついたとおり、男は盗人であった。盗品の実地検証をするために、この男を八坂寺の塔に連れて行くらしい。

そう思うにつけ、

(あのままあそこにいたら、自分はどうなっていただろう)

と考えると、女は身の置きどころもなく恐ろしくなった。

それにつけても観音さまがお助けくださったと思うと、こみあげてくる感動は限りがない。

女はしばらく時間をおいてから京の町へ入った。

その後、女はあの男からもらったものを少しずつ売るなどして、それをもとに貯え（資産）ができてきて、別の男と結婚して末永く添《そ》い遂《と》げた。

観音さまの霊験《れいげん》のあらたかなことはかくのごとくである。

これも、とても最近の話であると、語り伝えているとか――。

＊

宿業《しゅくごう》は、前世《ぜんせ》の報《むく》い。現世《げんせ》で報いを受ける原因となった前世での行ない。

御帳《みちょう》は、貴人の御座所の帳《とばり》、または帳台を敬っていう語ですが、ここでは本尊《ほんぞん》の前の垂れ絹をさしています。その垂れ絹の内側から現われた僧は仏の化身《けしん》、または使者であることを暗示しています。

大門は、清水坂の下にあった愛宕寺《あたごでら》の大門ともいわれます。

八坂寺《やさかでら》は、正式名を法観寺《ほうかんじ》といい、京都市東山区八坂町に現存しています。

綾《あや》は、文様《もんよう》を織り出した絹の綾織物のこと。一疋《ぴき》は二反《たん》です。

3 山中で舞い踊る尼と木こり（巻第二十八の第二十八より）

今ではもう昔のことだが――。

京に住むたくさんの木こりたちが北山（京都北方の山）に入ったときのことだが、道に迷ってしまい、どちらに行けばよいのか、さっぱりわからなくなった。そのうち疲れと空腹で、四、五人ぐらいが山の中でしゃがみ込んでしまった。

しばらくすると、山の奥のほうから賑《にぎ》やかな笑い声が聞こえ、それがだんだん近づいてくる。

（何者が来たのだろう……）

と、いぶかしく思っているうち、

（やや……ッ）

四、五人ほどの尼さんが狂ったように手振り足振りして舞い、笑いながら現われた。

これを見た木こりたちはぎょっとし、怖がりながら、

（尼さんたちがこのように舞いながら現われたのは、きっと人間ではないからだ。天《てん》狗《ぐ》に違いない。あるいは鬼神《きじん》ではないか……）

そう思い、狂ったように手足を動かして舞う尼さんたちを呆然として見守っていた。

その木こりたちを見つけて、尼さんたちがどんどん近づいてくる。

木こりたちはとても気味悪く思いながら、尼さんたちにこう尋《たず》ねた。

「あなたたちは、いったいどういう尼さんたちで、どうしてそんなに舞いながら深い山の奥から現われたのですか」

すると尼さんたちは一気にこう打ち明けた。

「わたくしたちがこのように舞いながら現われたので、あなたたちはきっと恐ろしく思っておいででしょう。けれども、わたくしたちは天狗でも鬼神でもありません。某所に住んでいる尼です。花を摘《つ》んで仏様に供《そな》えようと思い、連れ立って山に入ったところ、道に迷ってしまい、山中からどうやって出たらよいかもわからずに歩いているうち、疲れと空腹で――」

どうしようもなくなったとき、茸《たけ》（＝きのこ）がある場所を見つけて、ちょうど空腹でもあったので、

（これを取って食べたら、中毒するのではないか……）

と思いながらも、

（餓《う》えて死ぬよりは、いっそのこと、これを取って食べよう）

と思い、この茸を取って焼いて食べたところ、とてもおいしかったので、これは結構なことだと思い、皆で食べてからというもの、このように自然と手足が動いて体が舞ってしまうのです。自分でも本当に奇妙なことだと思いながら、まったく不思議でなりません——。

これを聞いて、木こりたちは驚きあきれかえった。

ところが、木こりたちもひどく腹がすいていたので、尼さんたちが取って食べ残した茸をまだたくさん持っているのを見つけると、

（餓えて死ぬよりは、この茸をもらって腹一杯食べて死ぬほうがましだ）

と思い、尼さんたちにねだって茸をもらい、食べた。

すると——。

食べ終わってから木こりたちも皆、自然に舞い踊り出したのだった。

こうして尼たちも木こりたちも、互いに山中で舞いながら相手の踊るのを見て笑い

合っていた。

しばらくそうしていると、酔いがさめたかのような気がしてきて、道をどう歩いたのかわからないうちに、それぞれが家に帰り着いていた。

これ以来、この茸を「舞茸《まいたけ》」と呼んだ。この出来事を考えると、じつに怪しいところがある。近ごろでもこの舞茸というものはあるが、これを食べた人が必ずしも舞うとは限らない。これはどういうわけか不思議千万であると、語り伝えているとか——。

＊

天狗《てんぐ》は、仏法に敵対する妖怪と考えられていました。深山幽谷《しんざんゆうこく》に住み、尼の姿や山伏・修験者の姿をとることもあったようです。しばしば人に憑《つ》き、死者の怨霊《おんりよう》の化身であるとも考えられました。

鬼神《きじん》は、天地万物の霊魂《れいこん》のことです。「鬼《き》」は死者の霊魂、「神《じん》」は天地の神霊の意。

舞茸《まいたけ》は、はしゃぎ笑い踊るという幻覚性の中毒症状を起こすモエギタケ科シビレタケ属のキノコやオオワライタケに相当するもの。今日食用とされているマイタケとは異なるようです。

4 女人《にょにん》に愛欲の心を起こす修行僧（巻第二十六の第二十一より）

今ではもう昔のことだが――。

ある国の、ある郡《こおり》に住む者がいた。家でたくさんの犬を飼っており、山に入って鹿や猪を追いかけ、犬に食い殺させて獲《と》ることを仕事にしていた。世間の人はこの狩りのことを「犬山《いぬやま》」と呼んだ。

さて、いつものように男はたくさんの犬を引き連れて山に入った。食糧などを持って長いあいだ山にいるときもある。このときも二、三日は家に帰らなかったので、家では若い妻が一人で留守番をしていた。

すると――。

家に一人の修行僧がやって来て、ありがたい経《きょう》を読んで食べ物を乞《こ》うた。

（あら……ッ）

托鉢《たくはつ》する修行僧の姿かたちが、とてもさっぱりしていて、きちんとしている。

それで若い妻は、

（このお坊さん、とんでもない最低の乞食坊主《こじきぼうず》ではなさそう……）

そう思い、その経をありがたがり、修行僧を家に呼び上げて経を聞き、飲食物をほどこした。

すると修行僧はこういう。

「それがしは乞食ではございません。仏の道の修行として、あちらこちらに修行行脚《あんぎゃ》しております者ですが、食糧が絶えたので、こちらにやって来てこのように経を読んで差し上げたのです」

これを聞いて若い妻はますます敬うべき僧であると思った。

僧はさらにこんなこともいう。

「わたしは陰陽道《おんみょうどう》の方面（占いや祓《はら》え）のこともよく理解しており、霊験《れいげん》あらたかな祭りもします」

これを聞いて若い妻は、

「そのお祭りをすると、どのような効験《こうけん》があるのですか」

と訊《たず》ねた。

修行僧はこういう。

「きちんと精進《しょうじん》してその祭りをすれば、身に病《やまい》が起こることなく、ひとりでに財産ができ、神の祟《たた》りもなく、夫婦仲もよくなって、万事、望みのままになります」

これを聞いて若い妻は息を弾《はず》ませるかのようにして、

「それで、そのお祭りにはどのような品が入用《いりよう》なのですか」

と訊《たず》ねた。

修行僧はこういう。

「なに、新たに必要なものはありません。御幣《ごへい》をつくるために紙が少し、精白した米（白米）を少し、それに季節の果物と油などです」

これを聞いて若い妻は、

「それくらいなら、とてもたやすいことです。それでは、その祭りをしてくださいませんか」

といった。

すると修行僧も、

「とてもたやすいことです」

といった。

こうして修行僧はこの家にしばらく滞在することとなった。

修行僧はその日から若い妻に沐浴潔斎《もくよくけっさい》をさせ、精進を始めた。祭りの道具なども整えて三日目に、

「この祭りは、世俗に汚れていない清浄な奥山《おくやま》で当事者だけでとり行なうものです」

といった。それで若い妻は修行僧と二人だけで深い山に入った。そして、紙・布でつくった旗を祭場《さいじょう》の四方に立てて並べ、洗った白米や季節の果物などをたいそうおおげさに揃えて置くと、修行僧が祭文《さいもん》を読み上げて、祭りは終わった。

（ふう……ッ）

若い妻はほっと息をついた。そのとたん、狩りに出かけている夫のことを思い出し、

（あの人のいないあいだにすばらしいご祈祷《きとう》をしたなあ）

と喜びながら帰り仕度を急いだ。

その様子を見ていた修行僧は、若い妻のさっぱりとして美しい姿に突然、

（この若い女と交わりたい……）

と激しい欲情に襲われた。そのことだけで頭の中がいっぱいになり、ほかのすべてのことを忘れてしまい、とっさに若い妻の腕をつかんでいた。

（えッ……）

驚く若い妻に、修行僧はこういった。

「わたしは、まだ女人《にょにん》と交わった経験がないけれども、あなたを見ているうちに、すっかり三宝《さんぼう》（仏の異名）のお咎《とが》めも平気になりました。かねてからの望みを遂《と》げようと思う」

（なんてことを……ッ）

驚きあきれはてた若い妻が拒んで逃げようとすると、修行僧は短刀を抜いて、

「いうことを聞かなければ、突き殺す」

とおどした。

人里離れた奥深い山の中なので、人もいない。若い妻はどうしようもない。

そんな若い妻を、修行僧は藪原《やぶはら》の中に引き入れて、いよいよ抱こうとすると、もはや若い妻は抵抗せず、いうままに従った。

ところがそのころ、狩りに出かけていた夫がたくさんの犬を連れて家へ帰ることになった。そうなる運命だったのだろうか——。

夫は家に帰る途中、その藪原の傍《かたわ》らを通り過ぎようとした。

そのときである。藪原の中で、何かが、がさがさと音をたててうごめくのを見た。

（はて……あれは）

と立ち止まり、

（あの藪原の中に鹿がいる……）

と期待した。それで夫はすぐさま弓に、尖《とが》った大きい鏃《やじり》の矢をつがいた。そして強く引き絞り、うごめくところに狙いを定めて矢を放った。

と、

「あッ……」

というだけの、短い人の声がした。

驚いた夫は不審に思い、藪原に近づいて草を掻《か》き分けて見ると——。

女の体に覆《おお》いかぶさっている法師（修行僧）の、その胴体のど真ん中を、矢が射抜《いぬ》いていた。

（こ、これは……ッ）

思いがけないことに驚いた夫は、そばに近寄って女の体の上に重なっている法師を引き離して見ると、法師は見事に射られて死んでいた。

次に、下にいる女を見ると――。

正気を失っているような女は、

（な、なんてことだ……ッ）

わが妻である。驚きあきれはてたが、もしかしたら見間違いではないかと思い、女を引き起こしてみると、たしかに妻なので、

「いったい全体、これはどういうことなんだッ」

と正気に返った妻に問いただすと、妻はこれまでの事情をくわしく話した。そばを見ると、たしかに祭りの道具類がとてもおおげさに並べられてある。

そこで納得した夫は法師を谷へ引いて行って遺棄《いき》し、妻を引き連れて家に帰った。

なんとあきれかえった坊主だろうか。その坊主を、三宝《さんぽう》が憎い奴だと思し召されたのであろう。そしてまた、これも前世《ぜんせ》の宿業《しゅくごう》が招くことだと知るべきである。

それにしても、これを思うと、世の人は身分の高い者も低い者も、無分別にいわれのない者の口車にのって、女が一人勝手に事を行なうのはやめなければならぬことであると、語り伝えているとか――。

＊

霊験《れいげん》あらたかは、神仏などが示す不思議なしるし、霊妙な効験《こうけん》が著しいということ。

精進《しょうじん》は、心身を清らかに保ち信仰に励むことです。

御幣《ごへい》は、紙を細長く切って棒につけて垂らしたもので、お祓《はら》いに使う祭具です。また神前に供えるものの総称でもあります。ちなみに白米には浄化・邪悪を避ける力があると、考えられました。

沐浴潔斎《もくよくけっさい》は、髪や体を洗い清め、酒肉を避け、汚れたものに触れず、心身を清らかにすることです。

祭文《さいもん》は、祭りのときに、節《ふし》をつけて読んで神仏に告げることば。

三宝《さんぼう》は、仏の異名。また仏・法・僧の三つを宝にたとえていうこともあります。

藪原《やぶはら》は、草木が乱雑に群がり生い茂っているところです。

鏃《やじり》は、矢の先の突き刺さる部分で、鉄製が普通です。

5 墓穴《つかあな》に雨宿りした二人の男（巻第二十八の第四十四より）

今ではもう昔のことだが――。

美濃国《みののくに》（岐阜県中部・南部）へ旅する下衆男《げすおとこ》（身分の低い男）がいた。

この男が近江国《おうみのくに》（滋賀県）の篠原《しのはら》というところを過ぎたころ、にわかに空が暗くなり雨が降ってきた。

（おや、きたか……）

空を見上げて、男は雨宿りをするところはないかとあたりを見回した。

けれどもそのあたりは人気《ひとけ》のない野原の中なので、雨宿りのために立ち寄れるようなところはなかった。

（お、あれは……）

墓穴《つかあな》があるのを見つけた。仕方がないのでその墓穴に這入《はい》ってしばらく雨宿りをすることにした。

けれども雨はなかなかやまない。そのうち日が暮れてきて、あたりは闇につつまれた。しかも雨は依然として降り続いている。

（この雨では、今夜はここで夜を明かすしかないな……）

と思い、墓穴の奥の様子を見てみると――。

意外に穴の奥は広かった。男は奥に入ってすっかりくつろいでしまい、横になって居眠りをしているうち、夜が更《ふ》けていった。

（うん……）

ふと気づくと、何ものとも知れぬものが穴に侵入してくる音がする。けれども暗いので、それが何だかわからない。ただ音だけであるので、

（これは、ひょっとしたら鬼ではあるまいか……。なんと、わたしは鬼の住んでいる墓穴とは知らずに立ち入ってしまい、今夜、鬼に食われて命を失くしてしまうのか）

と心の中で嘆《なげ》いているうちにも、怪しいものがどんどん近づいてくる音がする。

（げ……ッ）

男は恐ろしいことときわまりない。逃げようにも奥は行き止まりで逃げようがない。とっさに脇によって小さくうずくまり、息を殺して様子をうかがっていると――。

そのものは男のすぐそばにまで来たかと思うと、まずどさっと物を地面におろす音がした。次に、さらさらと鳴るものを置く音、それからその場に坐る音がした。

（むむ……これは、どうやら）

人の気配であると察した。男は、身分は低いが思慮分別があり賢い奴だったので、

（これは多分、誰かが用事があってどこかへ出かけたのだが、雨も降るし、日も暮れるしで、わたしがここに入ったように、この墓穴《つかあな》に入ってきた者なのだろう。さっきの音は持っていたものを下にどさっと置いた音だろう。次のさらさらと鳴った音は、蓑《みの》を脱いで置いた音が、そう聞こえたのだろう）

と思案した。

それでもやはり、

（こいつは、この墓穴に住む鬼かもしれない……）

などと考えて、声も出さずに耳をそばだてていた。

そのとき、その侵入者は人の声で、それは在俗の男なのか法師なのか童《わらべ》なのか、さっぱりわからない声で、こういった。

「この墓穴には、もしかしたら、神さまなどが住んでいらっしゃるのでしょうか。そ

れならば、これをお食べください。わたしはやむをえない用事で出かける途中、ここを通りますと、雨がひどく降り出し、夜も更《ふ》けたので、今夜だけと思ってこの墓穴に入ってきたのです」

そういってから、何かを祭るように供《そな》え物《もの》をした様子である。

小さくうずくまって聞いていた男は少し落ち着きを取り戻し、

（やはり、そうか……）

と、納得した。それで男は、侵入者が何を地面に置いたのかと思い、手近な距離なので、こっそり手を伸ばして探ってみた。すると、

（やや……これは）

小さな餅《もちい》が三枚、手に触れた。

（なるほど、正真正銘の人間が、持っている餅をお供え物にしたのだな）

と気がついた男は、歩き疲れて腹がすいていたのにまかせて、この餅を取ってこっそり食べてしまった。

しばらくすると、餅をお供え物にした男が手探りをはじめている様子である。

その男は、

(あれ……ッ)

置いたはずの餅《もちい》がない。それで、

(げげ……本当に鬼が住んでいて餅を食べてしまったんだ)

と思い込んだのだろう、急に立ち上がるや否や持っていた荷物もそのままに、蓑笠《みのがさ》も捨てて墓穴《つかあな》から走り出て行った。

なりふり構わずまっしぐらに逃げ去ってしまったので、脇に小さくうずくまっていた男は、

(さては、わたしが餅を食べたので、鬼が食べたと怖気《おじけ》づいて逃げたか。われながら、うまいこと食ったものだ)

と思い、その男が何を捨てて行ったのかと手探りすると、とても手応えのある、何かをいっぱい入れた袋、しかも鹿の皮で包んだものがある。ほかに、蓑笠もある。

(ふむ……奴は美濃《みの》あたりから上《のぼ》って来たのだろう)

と考えて、もしかしたら立ち戻って来るのではないかと気をまわし、

(戻って来たらやっかいだぞ……)

とばかりに、まだ夜の明けないうちにその大きい袋を背負い、その蓑笠を着けて、

急ぎ墓穴を出た。

男は、

（もしかしたら、あいつは人里に下りてこの出来事を話し、里人を引き連れて戻って来るかもしれない）

と思ったので、人里離れた山の中に逃げ込んでしばらくひそんでいると、夜が明けてきた。

そこで男は背負ってきた袋を開けてみた。すると、絹・布・綿などがぎっしり詰まっていた。

（こ、これは……）

思いもかけないことだったので、

（これは、何かわけがあって、天がわたしに恵んでくださったのだ）

と躍《おど》り上《あ》がって喜び、それから男は目指す目的地、美濃国《みののくに》へと急いだ。

この男、思わぬ儲《もう》け物《もの》をしたものだ。もう一人の男が袋や蓑笠を置いて逃げたのは無理もない。誰だって間違いなく逃げ出すだろう。儲け物をした男は落ち着きがありすぎて、小憎《こにく》らしい。

この出来事は、その男が年老いてから妻子の前で話したことを聞き伝えたものである。

袋や蓑笠《みのがさ》を置いて逃げた男は、とうとうどこの誰ともわからずじまいであった。

そもそも利口な奴というのは、身分が低くても、こういうときに万事心得ていて、落ち着いて上手に立ち回り、思いがけない儲《もう》け物《もの》をするものである。

それにしても、この儲け物をした男は、餅《もちい》を食われて逃げた男を、さぞかしおかしく思ったことであろう。めったにない珍しいことであるので、このように語り伝えているとか――。

＊

美濃国《みののくに》は、岐阜県中部・南部のことです。

近江国《おうみのくに》は、滋賀県に相当する地域。

篠原《しのはら》は、滋賀県野洲《やす》市篠原のことです。

墓穴《つかあな》は、露出した古墳の墓室《ぼしつ》と考えられるそうです。

布は、絹以外の麻・葛《くず》などの繊維で織った布のことです。

6　地獄から妻を訪ねてくる夫

（巻第二十七の第二十五より）

今ではもう昔のことだが――。

大和国《やまとのくに》（奈良県全域）の、某《なにがし》という郡《こおり》に住んでいる人がいた。その人には娘が一人いた。

この娘は姿かたちが美しく、気立てもよかったので、父母が大切に育てた。

いっぽう河内国《かわちのくに》（大阪府南東部）の、某という郡に住んでいる人がいた。この人には息子が一人いた。この男の子は年も若く、姿かたちが整っていて美しかったので、京に上《のぼ》って宮仕えをしていた。笛を上手に吹いた。気立ても明朗で魅力的だったので、父母はこの息子をかわいがった。

ところで河内国の人の一人息子は、大和国の人の一人娘が姿かたち・気立てがよいと伝え聞くと、たびたび娘に恋文を贈ってはていねいに心のたけを訴え、求婚した。

けれどもしばらくのあいだ、娘の両親はその男の求婚を承諾しなかった。それでも男はむりやりに求めたので、とうとう娘を男と結婚させた。

その後、二人はこの上なく愛し合って、幸せな結婚生活を続けていたのだが――。

三年も経ったころ、夫は思いもよらぬ病《やまい》に襲われ、何日か寝込んでいるうちに、とうとう亡くなってしまった。

（……ッ）

妻は心から嘆《なげ》き悲しみ、恋しい夫のことばかり思いつめて暮らす日々が続いた。

そのうち女寡《おんなやもめ》になった娘のところへ大和国《やまとのくに》の男たちから、たくさんの恋文が贈られてきて求婚されたが、承諾しなかった。依然として、死んでしまった夫だけが恋しくて、泣き暮らしていた。

そんな暮らしが三年も続いたころの、秋のことだった。

その夜――。

夫を亡くした妻は、いつもより涙に沈んで横になっていた。真夜中ごろになったとき、

（うん……）

遠くから笛の音《ね》が聞こえてくるのに気づいた。

（……ああ、あれは亡くなった夫が吹く笛の音に、なんとよく似ているのだろう）

と、恋しさがいっそうつのった。

そのうち、笛の音がしだいに近づいてくる。

（はて……）

笛の音が、寝ている部屋の蔀《しとみ》に近づいてきたかと思うと、

「ここを、開けよ」

という声がする。その声は、昔の夫の声にまぎれもない。

（……ッ）

妻は驚き、しみじみなつかしく、心を動かされたものの恐ろしかった。そっと起き上がって蔀の隙間《すきま》から外を覗《のぞ》いて見ると、

（まあ……ッ）

死んだはずの夫が、はっきり姿を見せて立っている。夫は涙を流しながら、こんな歌を詠《よ》んだ。

——シデノ山　コエヌル人ノ　ワビシキハ

コヒシキ人ニ　アハヌナリケリ――

（死出《しで》の山＝死者が越えていかなければならない険難な山＝を越えて、死後の世界に行った者が侘《わび》しく思うことは、恋しい人に逢えないことである）

そう詠《よ》んで立っている様子が、生きていたころの夫と少しも変わらないのも恐ろしい。逢いに来たしるしに装束《しょうぞく》の紐《ひも》を解いている。また、体から煙が立ちのぼっている。

（……ッ）

妻は恐ろしくて、口を利《き》くこともできなかった。

すると夫は、

「無理もないことだ。あまりにわたしを恋しく思ってくれるのがつらいので、無理にも暇《いとま》をいただいて、この世に参ったのだが、そんなに怖がるのであれば、もうあの世に帰ろう。わたしはあの世で、一日に三度、炎熱《えんねつ》で苦しめられている」

そういって、たちまち姿を消してしまった。

それゆえ妻は、

（さては夢か……）

と思ったけれども、現《うつつ》に見たのは間違いなかったので、ただ不思議なことだと驚くばかりであった。

これを思えば、人は死んだあとでも、このようにはっきり姿かたちを現わすことができるものなのだと、語り伝えているとか――。

＊

某《なにがし》は、原典で欠字になっています。

郡《こおり》は、郡《ぐん》の古い呼び方です。律令制《りつりょうせい》で、国の下に属した地方行政区画。郷・里・町・村などを含みます。

三年も泣き暮らしが続いたころとありますが、この三年は、人と人との関係は三年という期間を一つの区切りとする、という考え方によるものといわれます。ですから、夫が妻のもとに三年通《かよ》わなければ、夫婦の縁は絶えると考えられていたようです。それで、亡夫もあの世から現われたのでしょう。

女寡《おんなやもめ》は、夫と死別または生別したあと、独《ひと》り身《み》でいる女のことです。

蔀《しとみ》は、格子《こうし》を組んで間に板を挟んだ戸。日光や風雨を遮《さえぎ》るための、雨戸のようなものです。

装束《しょうぞく》の紐《ひも》は、狩衣《かりぎぬ》のようですが、下着という解釈もあるようです。つまり下着の紐を解いているということは、恋しい妻と契《ちぎ》りを結ぶ用意をしていたということになります。人に恋い慕われていると下紐《したひも》が自然に解けるという俗信もありました。ちなみに、下紐を解くは、女が男に身を任せることにいいます。

煙は、死後の世界で受けている責め苦のなごり、あるいは恋情の激しさを表わしているといわれます。

炎熱《えんねつ》で苦しめられるは、八熱地獄《はつねつじごく》（八大地獄＝八大奈落《ならく》）で責め苦を受けているということです。この夫は死後、何の因果《いんが》かわかりませんが、地獄道に堕《お》ちたようです。

【参考文献】
『今昔物語集　本朝部』（上・中・下）池上洵一編（岩波書店　岩波文庫）
『新日本古典文学大系』今昔物語集一～五（岩波書店）
『日本古典文学全集』今昔物語集一～四（小学館）
『鑑賞日本古典文学』第十三巻（角川書店）
『現代日本文学全集』第二十七巻（筑摩書房）
『新潮日本古典集成』今昔物語集本朝世俗部一～四（新潮社）
『日本古典にみる性と愛』中村真一郎（新潮社　新潮選書）
『幻妖――日本文学における美と情念の流れ』澁澤龍彦　解説（現代思潮社）
『今昔物語』福永武彦訳（日本古典文庫　新装版11／河出書房新社）
『エロスに古文はよく似合う――私の今昔物語』阿刀田高（角川書店）
『寂聴　今昔物語』瀬戸内寂聴（中央公論新社）

構成　株式会社万有社

本書は、本文庫のために書き下ろされたものです。

本書には、今日からみると不適切ととられる表現もありますが、作品当時の状況に鑑み、そのままとしました。

眠《ねむ》れないほど面白《おもしろ》い『今昔物語《こんじゃくものがたり》』

著者　由良弥生（ゆら・やよい）
発行者　押鐘太陽
発行所　株式会社三笠書房
〒102-0072 東京都千代田区飯田橋3-3-1
電話　03-5226-5734（営業部）03-5226-5731（編集部）
http://www.mikasashobo.co.jp
印刷　誠宏印刷
製本　ナショナル製本

 ISBN978-4-8379-6713-2 C0190

王様文庫

眠れないほど面白い『古事記』

由良弥生

意外な展開の連続で目が離せない！　「大人の神話集」！　●【天上界vs.地上界】出雲の神々が立てた〝お色気大作戦〟●【恐妻家】嫉妬深い妻から逃れようと〝家出した〟神様　●【日本版シンデレラ】牛飼いに身をやつした皇子たちの成功物語　……読み始めたらもう、やめられない！

息つく暇もないほど面白い『源氏物語』

由良弥生

身震いするほど哀しく、圧倒的に面白い「珠玉の恋愛譚」！●【初夜の悪夢】12歳光源氏と16歳葵の上の婚儀の行方●【道ならぬ恋】継子と契った藤壺が失ったもの、得たもの●【ホラー？ミステリー？】夕顔を殺したのは誰？●【男の理想】〝人形〟紫の上の哀しみ……ほか全8話！

眠れないほどおもしろい百人一首

板野博行

百花繚乱！　心ときめく和歌の世界へようこそ！　恋の喜び・切なさ、四季折々の美に触れる感動、別れの哀しみ、人生の儚さ、世の無常……わずか三十一文字に込められた、日本人の〝今も昔も変わらぬ心〟。王朝のロマン溢れる、ドラマチックな名歌を堪能！

K30288